共和国故事

国策宏图

——国民经济"一五"计划编制与实施

郑明武 编写

吉林出版集团股份有限公司

图书在版编目（CIP）数据

国策宏图：国民经济"一五"计划编制与实施/郑明武编. ——长春：吉林出版集团股份有限公司，2009.12

（共和国故事）

ISBN 978-7-5463-1728-1

Ⅰ.①国… Ⅱ.①郑… Ⅲ.①纪实文学–中国–当代 Ⅳ.①I25

中国版本图书馆 CIP 数据核字（2009）第 237340 号

国策宏图——国民经济"一五"计划编制与实施
GUOCE HONGTU　GUOMIN JINGJI YIWU JIHUA BIANZHI YU SHISHI

编写　郑明武	
责任编辑　祖航　林丽	
出版发行　吉林出版集团股份有限公司	
印刷　三河市嵩川印刷有限公司	
版次　2010 年 1 月第 1 版	2022 年 1 月第 11 次印刷
开本　710mm×1000mm　1/16	印张　8　字数　69 千
书号　ISBN 978-7-5463-1728-1	定价　29.80 元
社址　吉林省长春市福祉大路 5788 号	
电话　0431-81629968	
电子邮箱　tuzi8818@126.com	

版权所有　翻印必究

如有印装质量问题，请寄本社退换

前　言

自 1949 年 10 月 1 日中华人民共和国成立至今,新中国已走过了 60 年的风雨历程。历史是一面镜子,我们可以从多视角、多侧面对其进行解读。然而有一点是可以肯定的,那就是,半个多世纪以来,在中国共产党的领导下,中国的政治、经济、军事、外交、文化、教育、科技、社会、民生等领域,都发生了深刻的变化,中国人民站起来了,中华民族已屹立于世界民族之林。

60 年是短暂的,但这 60 年带给中国的却是极不平凡的。60 年的神州大地经历了沧桑巨变。从开国大典到 60 年国庆盛典,从经济战线上的三大战役到经济总量居世界第三位,从对农业、手工业、资本主义工商业的三大改造到社会主义市场经济体制的基本确立,从宜将剩勇追穷寇到建立了强大的国防军,从废除一切不平等条约到独立自主的和平外交政策,从"双百"方针到体制改革后的文化事业欣欣向荣,从扫除文盲到实施科教兴国战略建设新型国家,从翻身解放到实现小康社会,凡此种种,中国人民在每个领域无不留下发展的足迹,写就不朽的诗篇。

60 年的时间在历史的长河中可谓沧海一粟。其间究竟发生了些什么,怎样发生的,过程怎样,结果如何,却非人人都清楚知道的。对此,亲身经历者或可鲜活如昨,但对后来者来说却可能只是一个概念,对某段历史的记忆影像或不存在,或是模糊的。基于此,为了让年轻人,特别是青少年永远铭记共和国这段不朽的历史,我们推出了这套《共和国故事》。

《共和国故事》虽为故事,但却与戏说无关,我们不过是想借助通俗、富于感染力的文字记录这段历史。在丛书的谋篇布局上,我们尽量选取各个时代具有代表性或深具普遍意义的若干事件加以叙述,使其能反映共和国发展的全景和脉络。为了使题目的设置不至于因大而空,我们着眼于每一重大历史事件的缘起、过程、结局、时间、地点、人物等,抓住点滴和些许小事,力求通透。

历史是复杂的,事态的发展因素也是多方面的。由于叙述者的视角、文化构成不同,对事件的认知或有不足,但这不会影响我们对整个历史事件的判断和思考,至于它能否清晰地表达出我们编辑这套书的本意,那只能交给读者去评判了。

这套丛书可谓是一部书写红色记忆的读物,它对于了解共和国的历史、中国共产党的英明领导和中国人民的伟大实践都是不可或缺的。同时,这套丛书又是一套普及性读物,既针对重点阅读人群,也适宜在全民中推广。相信它必将在我国开展的全民阅读活动中发挥大的作用,成为装备中小学图书馆、农家书屋、社区书屋、机关及企事业单位职工图书室、连队图书室等的重点选择对象。

编　者

2010 年 1 月

目录

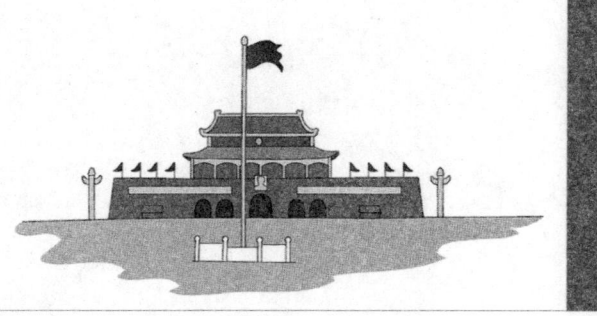

一、计划编制

中央决定编制"一五"计划/002

成立"一五"计划编制小组/005

向苏联征求计划编制意见/012

克服计划编制中的困难/019

"一五"计划编制成功/026

二、计划实施

周恩来率团访苏争取援助/032

苏方确立156个援华项目/038

中央决定优先发展重工业/050

中央重视农业和轻工业发展/057

毛泽东要求调整工业区布局/060

中央纠正计划实施过程中的问题/063

全国掀起"一五"建设高潮/068

三、伟大成就

钢铁产业突飞猛进/072

航天工业取得重大进展/079

核工业建设进入新阶段/086

目录

汽车工业取得重大突破/093

铁路建设喜报频传/099

建成万里长江第一桥/103

化学工业异军突起/107

人民生活水平显著提高/111

周恩来宣布"一五"计划超额完成/115

一、计划编制

- 毛泽东以他特有的幽默回答说:"恐怕是要经过双方协商搞个什么东西,这个东西应该是既好看,又好吃。"

- 周恩来听后,深有感触地说:"是啊!确定100多个援助项目,并要守约按期交付使用,确实不是一件容易的事!"

- 陈云风趣地说:"毛主席现在搞宪法的速度很快,他的方法是:一是吃饭;二是吃了饭不干别的事情;三是每天搞出几条。"

中央决定编制"一五"计划

1951年2月14日,中共中央在北京举行政治局扩大会议。

参加这次会议的有中央政治局委员、候补委员以及中央各部门的主要负责人。

这一天,正是正月初九,刚刚过完春节,过年的喜庆气氛还弥漫在京城的大街小巷里。然而,共和国的领袖们却不辞辛劳,他们已经投入到了新一年的工作中。

2月18日,毛泽东向大会做《中共中央政治局扩大会议要点》的报告,会议通过了毛泽东起草的这个《要点》,并向党内做了通报。

在通报的第一条即明确指出:

"3年准备,10年计划经济建设"的思想,要使省、市级干部都明白。准备时间,现在起,还有22个月,必须从各个方面加紧进行工作。

根据这次会议的精神,中央财经委员会提出了五年计划的初步设想,这就是后来被称为"一五"计划的最初尝试。

在此时,中央提出编制第一个五年计划,有着深刻的社会经济背景。

那是1949年3月，在党的七届二中全会上，毛泽东郑重指出："从我们接管城市的第一天起，我们的眼睛就要向着这个城市的生产事业的恢复和发展"，其他工作"都是围绕着生产建设这一中心工作并为这个中心工作服务的"。

1949年10月1日，中华人民共和国成立。这为中国发展经济、实现民族富强开辟了广阔道路。在当时，毛泽东就曾预言：

> 中国经济建设的速度将不是很慢而可能是相当快，中国的兴盛是可以计日程功的。

在中国这样一个经济十分落后的东方大国里，进行经济建设必然要面临着许多困难。尤其是由于国民党的反动统治和多年战争的破坏，还有在当时生产力水平低下、国家元气大伤、发展经济的基础极为薄弱的情况下，更是十分艰难的。

1949年，同历史上的最高年产量相比，当时的工业总产值减少了一半。在工农业总产值中，现代工业产值只占17%。同年，中国人均国民收入仅为27美元，不及亚洲平均44美元的三分之二。

以毛泽东为代表的中国共产党人，以从来就有的能够战胜一切困难的英雄气概，带领全国人民，开始了经济建设的新长征。

从1949年10月中华人民共和国成立以来，党和政府采取了一系列方针、政策和措施。一方面，制止恶性通货膨胀，稳定市场物价，恢复被战争严重破坏的国民经济。另一方面，改革封建土地制度，解放农村生产力，发展社会主义国营经济，确立了国营经济对资本主义经济和私营经济的领导地位，这些都为有计划地进行经济建设创造了条件。

但是，这时我国许多工业部门还未建立起来，农业生产手段也很原始，还没有现代化的国防工业，国民经济整体水平仍然很低。

针对这种情况，毛泽东告诫大家说："牛皮不要吹得太大，尾巴不要翘起来。中国人还得谦虚谨慎，发愤图强，继续奋斗。"

在大规模经济建设即将展开之时，必须有一个好的计划作为各个领域发展方向的指导，鉴于苏联在几个五年计划中取得的巨大成就，中共中央也决定编制中国的第一个五年计划。

1951年初，中央决定自1953年起，实行发展国民经济的第一个五年计划，并要求立即着手进行编制五年计划的各项准备工作，争取在22个月内完成试编工作。

成立"一五"计划编制小组

1951年2月,周恩来提议,中央成立"一五"计划编制小组,由周恩来、陈云、薄一波、李富春、聂荣臻、宋劭文组成领导小组。

在当时,周恩来任中央人民政府政务院总理兼外交部部长,全面主持我国的内政外交工作。陈云同志担任政务院副总理兼财政经济委员会主任,薄一波和李富春同志任副主任,聂荣臻同志任解放军代总参谋长,宋劭文任中央财经计划局局长。

计划编制领导小组成立不久,陈云即开始投入编制工作。

在当时,中国对编制发展国民经济的五年计划,可以说完全缺乏经验,不知从何下手。

据那时在计划部门工作的王光伟后来回忆说:

> 我们开始时对"指标""基本建设"这些词都不会讲,计划表格也不会拟定,都求苏联帮助。

1951年4月,第一次全国组织工作会议在北京召开。在这次会上,陈云作了题为《1951年财经工作要点》的讲话。他说：

> 土地改革、剿匪、镇压反革命、抗美援朝这些工作，都是经济建设的准备。财经部门要计算一下财力，看到1953年我们能收入多少，支出多少，还要估计到那时国际情况如何变化，我们国防的情况如何，能不能在军事支出方面减少一点，增加到经济建设上去。这些都不能仅从财经方面来考虑，要从整个世界的形势、中国的形势来考虑。我们要考虑到，两个五年计划要建设什么，在国防、工业、农业、水利方面，大概一年投资多少……

陈云这个讲话的主要内容，就是为"一五"计划的编制做准备和动员。

在这篇讲话中，陈云从一般的经济常识讲起，一直讲到计划的编制，实际上是在对大多数经济干部进行计划经济的启蒙。

为了让大家了解计划的重要性，陈云特别向广大干部举了第一汽车制造厂的例子，他说：

> 毛泽东和周恩来去年到莫斯科去，订了合同，请苏联专家来给我们设计一个汽车工厂。专家到了北京，对汽车工厂设在什么地方争论

很多，有的说设在北京，有的说设在石家庄，有的说设在太原，我说是不是可放远一点，设在西安。后来才知道，这些根本不对头。如果这个汽车厂全年的生产量是3万辆汽车，电力就需要2.4万千瓦，西安只有9000千瓦，光修电站就需要几年时间。还需要钢铁，一年要二十几万吨，而石景山钢铁厂生产这么多钢铁，要在5年或者6年后。木材要2万立方米，在西北砍木头，山都要砍光。还有运输问题，每年的运输量是100万吨，而西安到潼关铁路的运输量不超过200万吨，光汽车工厂就够运的了。讨论的结果，中国的第一个汽车工厂只能设在东北。

在这个讲话之后，陈云便开始了五年计划的编制工作。

1951年，在陈云的组织领导下，中财委即试编出了一个五年计划的粗略纲要，这也是我国第一个五年计划的首次编制。

由于当时资料不全，战争还在进行，全国经济建设的大局也还未稳定下来，特别是还未能征得苏联的援助，因此，这个计划纲要只能是一个试验，不可能作为正式的计划。

在1952年，随着经济形势进一步好转，国民经济恢复的任务即将完成。于是，党中央决定加快第一个五年计划的编制。并决定，计划编制好后，8月份拿到苏联去，征求苏联的意见，争取他们的帮助。

在此时，周恩来深深感到：时间已经十分紧迫，他需要集中精力来分析中国的经济状况，研究五年建设的任务，以便向中央提出全盘性的建议，并准备同苏联会谈。

7月初，周恩来在中共中央政治局会议上，提议从朝鲜回国治病、并已痊愈的彭德怀留在北京接替自己主持中央军委的日常工作。

7月9日，周恩来的这个建议被接受后，周恩来致信毛泽东：

彭德怀同志自即日起过问军委日常工作，直接向主席和中央负责。以后一切经过我处转呈主席或主席交我阅办的军委文电，均改送彭副主席处理。

第二天，周恩来又写信给毛泽东，提出：

在7月份我拟将工作重心放在研究五年计划和外交工作方面。其他工作尽量推开。

…………

对五年计划，着重于综合工作，使能向中

央提出全盘意见，并准备交涉材料。

……………

如能于7月下旬与邓小平同志商量好，先发表他为政务院副总理，并于8月份起来京主持一个时期，这是最理想的办法。

在当天，毛泽东即予批示，表示同意。

这样，周恩来就能把自己的全部精力集中起来，去思考怎样在中国这块大地上开展大规模经济建设这个问题了。

8月，"一五"计划的第二次编制宣告完成。

尽管时间仓促，经验和数据不足，这个计划还是包括了大量内容。

计划草案印出来后，陈云致信毛泽东，对这个五年计划的编制情况进行了说明。陈云说：

这次写的五年计划的主要点，是在今后五年中要办些什么新的工厂，因此在这一方面花的工夫较多。原有工厂的生产方面，也写进去了。但估计这一方面的生产数字一般是低的，可能超过，将来需要好好再讨论的。所以首先集中力量研究今后五年中新办工厂，是为了7、8月间可以向苏联提出一个五年中供我装备的要求。

这个计划送到中央后，经过讨论，中央政治局认为，可以将这个计划带到苏联征求意见，并作为向苏联提出援助的基本根据。

但是，这个《五年计划轮廓（草案）》还不算是完整的成型的规划或建设计划，因为它的内容偏重说明要求苏联援助的项目和愿望。对于刚刚从连年战火中诞生的新中国来说，着手大规模的经济建设无疑是十分困难和艰巨的。

在此次"一五"计划中多次提到苏联帮助的问题，也是有原因的。

早在1949年底至1950年初，毛泽东第一次访问苏联时，苏方就提出了帮助中国的意愿。

当时，斯大林就曾主动询问毛泽东："你这次远道而来，不能空手回去，咱们要不要搞个什么东西？"

毛泽东以他特有的幽默回答说："恐怕是要经过双方协商搞个什么东西，这个东西应该是既好看，又好吃。"

后来，经过协商，苏联答应在1950年到1954年5年内，贷款给中国3亿美元，分5年付款，每年6000万美元，年息1%。

其后不久，朝鲜战争爆发，中国共产党和政府毅然决定派出志愿军赴朝作战，抗美援朝，保家卫国。这样，中苏关系进一步加强了，斯大林再次主动提出要给中国物资援助。

在这种情况下，中国编制"一五"计划，从中国的实际需要出发，认真考虑和提出需要苏联援助项目是很自然的事。

8月13日，邓小平匆忙从重庆赶到北京就任副总理一职。周恩来向邓小平交代了政务院的有关工作。

随后，周恩来在政务院第148次会议上郑重宣布：

> 在我奉毛泽东之命赴苏联访问期间，由邓小平代理总理职务。

向苏联征求计划编制意见

1952年8月下旬,以周恩来为团长,陈云、李富春为副团长的中国政府代表团,应邀前往莫斯科,与苏联政府商谈援助中国第一个五年计划建设的问题。

此次代表团的团员有王鹤寿、吕东、陈郁、宋劭文、柴树藩、罗瑞卿、邱创成、刘亚楼等,工作人员有沈鸿、钱志道、郑汉涛、李苏、袁宝华、陈平等。

代表团阵容庞大,包括了政府很多部门的主要负责人,如工业、农业、林业、军事等部门的主要负责人。

在当时,中国还没有民航飞机,为此,苏联政府派来3架军用飞机和1架民航飞机,供中国政府代表团使用。

飞机经新西伯利亚抵达莫斯科。一路上,周恩来与大家谈笑风生,无拘无束,机舱里的气氛十分融洽。

周恩来一向对工作认真负责,重大事情更是事必躬亲,一丝不苟。抵达莫斯科后,他将准备提供给苏联政府讨论的《"一五"计划草案及总说明》等详细地审阅了一遍,逐字逐句,甚至连标点符号都不放过,凡有不妥的地方,他都做了改正。

在审阅当中,周恩来发现林业采伐、造林和木材蓄积计划的数字对不上时,他当即在电话中严厉地批评了代表团成员中负责计划综合工作的同志。

到苏联后，周恩来到中国政府代表团成员住的宾馆，与大家共进午餐。

服务员送来了一瓶白兰地，周恩来亲自斟满两杯，站起来走到昨天受批评的人员面前，递给他一杯，并微笑着说："昨天我批评了你，以后要细心一些嘛！不要把这么重要的数字搞错。来，现在我敬你一杯酒，祝你今后工作得更好！"

经周恩来简单的一席话、一杯酒，一天前那件不愉快的事情造成的紧张沉闷的气氛一下子就缓和了。

大家深为总理严谨的工作作风和高超的领导艺术所折服。

为了便于同苏方各部门工作人员进行商谈，周恩来把代表团成员和工作人员分成若干相应的组，让他们同苏方有关部门的同志直接接洽，开展工作，这样可以使周恩来、陈云、李富春有更多的时间考虑和解决一些急需处理的较大问题。

中国代表团到莫斯科后，斯大林在克里姆林宫设晚宴招待以周恩来为首的中国代表团。苏联外长维辛斯基代表斯大林起立敬酒。散席后，斯大林陪同周恩来看电影，边谈边吃糕点、水果，活动进行了3个多小时。

代表团以1952年中财委拟出的《关于第一个五年计划中重要的工业建设项目草案》为依据，向苏联政府提出商谈。

其后，苏方安排中国代表团在莫斯科参观了一个汽车制造厂，乘船游览了伏尔加河，到斯大林格勒参观了一个拖拉机制造厂。

9月3日，斯大林与周恩来举行第二次会谈。整个会谈几乎都在讨论中苏两国经济关系，也就是中华人民共和国经济发展和苏联在这方面给予援助的问题。

会谈一开始，就从五年计划问题谈起。

斯大林说："我们看了你们的五年建设计划，确定百分之二十的年增长率对工业是不是有些紧张，或者在百分之二十年增长率的情况下再留些余地？"

周恩来听完斯大林的话后，认真解释说："我们在制订计划方面没有足够经验。过去3年的经验说明：中华人民共和国对自己的潜力估计不足。计划的实现要取决于中国人民的努力和中国期望从苏联那里得到的援助。"

斯大林又说："我们制订五年计划要留有余地，因为各种因素不可能都考虑到，往往有各种原因会影响到某一方面。我们向来把民用工业和军事工业都列入计划，而你们的五年计划并不是这样。而计划规定的各种经费也必须有全面的材料。"

9月中旬，斯大林再次会见周恩来、陈云和李富春等同志，就援助中国的"一五"计划问题进行了会谈。斯大林谈了3点意见：

1. 经过第一个五年计划，中国应当能够制造汽车、飞机、军舰。

2. 中国工业的发展速度一定很快，但是做计划应留有余地，要有后备。

3. 苏联对中国的援助，价格便宜，技术也是头等的。

当时，以美国为首的帝国主义国家对中国实行封锁禁运，第二次世界大战刚刚结束，苏联的重建工作任务很重，而且苏联还从来没有搞过这样大规模的对外援助，他们许诺援助中国，这是难能可贵的。

斯大林的意见，表达了苏联政府援助我国"一五"计划的总方针。

9月底，周恩来和陈云先期回国，留下李富春领导中国代表团继续与苏联政府谈判。离开苏联以前，周恩来亲自将他经手办理的与苏方往来的有关文件逐一清点，交给李富春的秘书吴俊扬。

此后，苏联政府对中国代表团的接待，改由苏共中央政治局委员、苏联国家计委主席萨布罗夫全程负责。

苏联国家计委对这项工作非常重视，组织一批人着重审查中国的第一个五年计划和要求援助的项目。中苏双方进行了多次会谈和磋商，项目也一个一个落实了，凡是重大问题李富春都打电报请示中共中央。

收到李富春的电报后，周恩来都仔细地审阅，并与中央其他领导同志研究后，及时作出答复。

中国代表团其他成员则分头向苏联有关部、局介绍情况，交换意见。苏联方面详细地审查了全部的地质资料，而此时，中方的地质资料非常有限。为此，周恩来和陈云于1952年10月特地派遣地质部副部长宋应同志到莫斯科接受咨询，并再度让计委副主任柴树藩到莫斯科协助参与谈判。

1952年冬季，李富春同志去海滨疗养期间，由宋劭文负责收集中苏双方会谈情况，向李富春汇报，并向苏方转达李富春的意见。

当时，还成立了以李富春、苏联国家计委主席、第一副主席、外贸部代理部长和总顾问5人组成的中心组，负责审查我国《第一个五年计划轮廓（草案）》中的问题。

中苏双方进行过多次小组会谈和高级磋商，一个项目、一个项目地予以落实。

1953年3月8日，周恩来专程赶赴莫斯科，代表中国党和政府参加斯大林的葬礼。

周恩来利用工作间隙，抽出时间，听取了代表团同志关于同苏方商谈"一五"计划轮廓（草案）的情况汇报和意见。

在听取汇报时，周恩来听得非常认真，并亲自做记录，回国后又整理成文，分送有关在京的中央领导同志征求意见。

3月中下旬，苏联部长会议第一副主席米高扬会同卡冈诺维奇、科西钦科、郭维尔等人，两次约见李富春，中方陪见的有宋劭文和袁宝华。

米高扬代表苏联政府，对中国政府的《第一个五年计划轮廓（草案）》，提出了如下意见：

> 关于工业发展速度，原定每年递增20%，但由于建设时期与恢复时期情况不同，速度定高了，摊子就铺得很大，力量分散。因此，计划每年递增14%或15%就可以了。
>
> ……
>
> 五年计划在财政、金融、商品流通方面，还要花力量研究，因计划缺少财政和物资平衡。

4月初，李富春给毛泽东写信，汇报了同米高扬会谈的主要内容，并决定派宋劭文和钱志道回国汇报，请中央对"一五"建设方针、规模及苏联援助总协定主要内容作指示。

4月中旬，宋劭文奉命从苏联回到北京。

一天，周恩来约宋劭文晚上来汇报情况。

24时，周恩来处理完手上的急事，才叫宋劭文进去汇报。

周恩来详细询问了苏联方面对我国"一五"计划的全部意见，并问道："去苏联谈判为什么拖了这么长时间？"

宋劭文回答道:"这是因为苏联方面对计划的平衡工作要求很高,对我国地质资料、技术水平和生产能力询问得很详细,而我们在这些方面的准备工作不足,使项目选址、施工设计、设备分交、技术人员的培训等计划内容的落实,花费了不少时间。"

周恩来听后,深有感触地说:"是啊!确定 100 多个援助项目,并要守约按期交付使用,确实不是一件容易的事!"

为了使周恩来对情况了解得更清晰,宋劭文将他们绘制的七八幅我国"一五"计划受援项目进度曲线图交给周恩来,周恩来看了以后很高兴。

过了两天,宋劭文又向中央政治局做了汇报,中央表示同意苏联政府对我国"一五"计划所提的建议,同意《关于苏维埃社会主义共和国联盟政府援助中华人民共和国政府发展中国国民经济的协定(草案)》拟定的偿还援助费用的方式和数量,并授权李富春代表中国政府在"协定"上签字。

随后,宋劭文即带着中央写给李富春同志的复信,返回了莫斯科。

1953 年 5 月 15 日,"协定(草案)"经中央批准后,由李富春和米高扬分别代表中苏两国政府签订了《关于苏维埃社会主义共和国联盟政府援助中华人民共和国政府发展中国国民经济的协定》,简称"5·15 协定"。

至此,中国代表团赴苏谈判援助中国的"一五"计划,历时 8 个多月,取得了圆满成功。

克服计划编制中的困难

1952 年 8 月 4 日，全国政协一届常委会第三十八次会议在京召开。

在这次会议上，毛泽东发表了对国内、国际局势的看法。

毛泽东微笑着说："去年这一年，我们是边打、边建、边稳。朝鲜战争的局势，去年 7 月以后定下来了，但是国内的财政经济状况，能不能稳下来，那时还没有把握。现在'三反''五反'运动胜利结束，问题完全清楚了，'天下大定'。"

最后，毛泽东又鼓励大家说："马上要打第三次世界大战，是吓唬人的。我们要争取 10 年工夫建设工业，打下强固的基础。"

根据毛泽东对形势的准确判断，在代表团访苏期间，国内也在抓紧第一个五年计划的编制工作。

当时，作为编制计划基本依据的各种资源调查和统计资料十分缺少。这给编制计划工作带来了巨大困难，这种困难几乎在每一步中都会感觉得到。

早在 6 月召开的一次会上，周恩来谈到李富春等同志同苏联谈判时的情况时，就略显无奈地说道："去以后的几个月中，就是靠我们的财委打电话送数目字，在座的都知道,你们都给我们送数目字。送来后,我们一整理就送走。到那里以后,我们的代表团又搞了半个月。总起来,我们自己前后大概搞了 3 个月。这样得到的统计资料,仍很难说是完备的和十分准确的。"

当时,旧中国留下的地质专业工作者只有 150 人左右,仅有的十多部钻机也已破旧,地质勘探资料的缺乏可想而知。

早在国民党统治时期,国外资产阶级有一个论调:中国这个国家是贫铁、无油、少铜。

有一次,在李富春同苏方谈判时,当双方商议重工业项目的布局时,苏联方面无奈地说:"现在根据你们拥有的已经探明的地质资源情况,一个项目也不能建。因为你们没有地质资源的报告。金、银、铜、铁、锡等许许多多的矿产储量和分布情况都不明白,你们怎么建工厂呢?"

面对苏方的发言,李富春只能苦笑,因为苏方的说法也是有道理的啊!

因此,此时成立专门机构来做好地质勘探,了解我国资源情况已是迫在眉睫的问题。

1952 年 8 月,在周恩来去苏联商谈编制第一个五年计划的前几天,向中央人民政府委员会报告调整政府机构意见时,周恩来提出在政务院设立地质部,并提议由从国外归来的著名地质学家李四光任部长、原重工业部代理部长何长工任第一副部长,该提议在会上得到通过。

1952年9月，中华人民共和国地质部成立，李四光成为第一任地质部部长。

地质部成立后，首先大力培训地质勘探人才，并把勘探的重点放在找铁、找铜、找石油上。

何长工后来回忆说："总理怎么抓我们呢？当时，春夏秋冬四季，我们都要给他汇报。总理抓得很具体，他首先要看地图，问矿有什么远景，矿的成因是怎么样的，我们用什么勘探手段搞清楚，同时还要我向书记处汇报。"

当地质部在渤海湾发现石油时，周恩来立刻拨两条船给他们，在渤海湾寻找石油。

在地质工作者的艰苦努力下，制订计划所需的资料就比原来多了起来。

周恩来、陈云从苏联回国后，立即把在苏联会谈的情况，向中共中央做了汇报。

1952年底，在毛泽东的主持下，中央领导同志集体讨论了《第一个五年计划轮廓（草案）》，对编制计划明确了指导思想：

> 考虑到当时朝鲜战争还未停止，因此，必须按照中央的"边打、边稳、边建"的方针从事国家的建设。抗美援朝和国家建设必须兼顾，这是制订计划的出发点，必须由此来考虑全国工业建设的投资、速度、重点、分布和比例。

必须以科学的态度从事计划工作，使我们的计划正确地反映客观经济发展的规律。因此，具体了解情况，做周密的调查统计，以便熟知国民经济的状况，是我们正确编制计划的基础。

在编制"一五"计划的重要时刻，党中央的这些指示，有着重要指导意义，保证了以后计划编制工作的顺利进行。

1953年初，鉴于去年8月编制的《第一个五年计划轮廓（草案）》材料根据仍有不足，尤其对各个经济部门和各个年度互相配合方面，以及5年基本建设投资在各个部门的分配方面，都需要进行调整。因此，中财委会同国家计委、中央各部及各大区，在大量搜集资料的基础上，对原计划做了进一步修改和充实。

这是"一五"计划的第三稿。

当时，编制"一五"计划还存在一个和苏联协商问题，这是因为在第一个五年计划中起着骨干作用的，是由苏联援建的156项重点工程。

最初，苏联援助的这156个项目还只是意向性的想法。在确定这些项目时，需要李富春等同志在莫斯科同苏方一项一项地具体磋商，根据需要和可能，对多种方案进行反复比较，有的还要进行实地调查，最后做出选择，并向国内请示。

在当初谈到重中之重的钢铁工业时，苏联最初只答应帮助中国在鞍山钢铁基地上新设计3个大项目：大型轧钢厂、无缝钢管厂、七号炼铁炉，但不主张在其他地方发展钢铁工业。

1952年，苏联部长会议副主席、钢铁工业专家捷沃来到中国。

当时，担任重工业部代理部长的何长工，向周恩来建议说："像我们这样大的国家，只有鞍钢一个钢铁基地不行。"

周恩来完全同意这个建议，他果断地说："你领他到几个大地方看看。"

于是，何长工就陪着捷沃从西安到武汉、马鞍山、上海、广东、成都、西安等地去考察。

经过考察，回京后，捷沃代表苏方，答应给我国设计武钢。

何长工很快就把这个消息告诉了毛泽东、周恩来。听到此消息后，周恩来高兴地鼓起掌来，毛泽东也笑着说让周恩来请客。这样在第一个五年计划中就决定了建设武钢。

1953年4月4日，苏共中央政治局委员米高扬在苏联，约李富春谈话。

米高扬说，中国的"一五"计划，苏共中央看过了，经济专家也仔细地、精心地研究过了。他代表苏共中央向李富春通报苏共中央、苏联国家计划委员会和经济专家的意见：

> 从中国的利益和整个社会主义阵营的利益考虑，"一五"计划的基础是工业化，首先建设重工业，这个方针任务是正确的。
>
> 从政治上、舆论上、人民情绪上考虑，五年计划不仅要保证完成，而且一定要超额完成。因此，工业的年平均增长速度调低到14%～15%为宜。
>
> ……………
>
> 工业总产值的增长速度要大于职工人数的增长速度，以保证劳动生产率的提高。劳动生产率的提高速度要大于工资的增长速度，以保证国家的积累。技术人员的增长速度要大于工人的增长速度，以保证技术水平的提高。

米高扬所提的这些意见，虽然主要是立足于苏联的经验而谈的，但基本上还是符合当时中国的实际的。

正如李富春对此次商谈的评价："谈话很好，实事求是，对中国的帮助很大。"

的确，苏联当时已取得比较丰富的社会主义建设的经验，而我国却刚刚开始编制中长期计划，缺乏经验，他们提出的意见无疑是有益的。

6月，国家计委根据中共中央指示，参考苏共中央和苏联国家计委、经济专家的意见，对"一五"计划进行了第四次编制，按照计划指标要留有余地的精神，把工业平均每年增长速度正式定为14%至15%，并规定要加快农业和交通运输业的发展。

9月15日，李富春回国后，在中央人民政府委员会第二十六次会议上，李富春就我国第一个五年计划及与苏联政府商谈的结果做了汇报。

关于与苏联政府商谈的结果，李富春说："苏联政府同意满足我国政府的要求，决定给我国经济建设以长期的、全面的巨大援助。"

当日，毛泽东以中华人民共和国中央人民政府主席的名义，致电苏联政府，对苏联政府和苏联人民给予中国经济建设的巨大援助，表示衷心的感谢。

"一五"计划编制成功

1954年4月,根据工作的需要,中央决定调整领导编制"一五"计划工作的班子,成立了由陈云为组长的8人小组,组员有邓小平、李富春、邓子恢、习仲勋、贾拓夫等人。

于是,"一五"计划的第五次编制又开始了。

这一次,毛泽东让国家计委立下了军令状,要求他们从2月15日起,一个月内交卷,拿出初稿,然后由陈云领导的小组迅速定稿。

当时,计委的同志感到时间太紧,压力很大,就向毛泽东请求延长一些时间,毛泽东只给了5天的宽限,要求3月20日必须拿出初稿。

2月19日,接到毛泽东的指示后,陈云立即召集中央财经委、文教委主任及各部部长开会,布置编制"一五"计划的工作。

在会上,陈云传达了毛泽东的指示,同时陈云指出:

编制"一五"计划的工作不能再拖了。毛主席规定的时间非常紧,同时,现在编制"一五"计划,我们有很多有利条件。

在这次会上，陈云还要求大家学习毛泽东的工作方法，他风趣地说："毛主席现在搞宪法的速度很快，他的方法是：一是吃饭；二是吃了饭不干别的事情；三是每天搞出几条。我们也要采取这样的制度，专门来做，不要坐在上面，只等着下面的汇报。各部都要指定专人负责，搜集材料，核定数字。"

会后，各部和计委根据陈云的指示，迅速展开工作，并按预定的时间及时向陈云提供了所需的材料。

接到计委和各部提供的材料后，陈云自己也组织了一个小组，这个小组由他和张奎、梅行、周太和、邱纯甫5人组成。

在这个小组中，张奎是计委的副主任；周太和和邱纯甫是陈云的秘书；梅行是请来的笔杆子。

5个人昼夜兼程，开了14次会，用了15天的时间，将这些材料进行了归纳、整理，并于4月初最后拿出了《五年计划纲要（初稿）》。

这一初稿于4月15日印好后，送到毛泽东手里。当天，毛泽东审阅了这一初稿。他审阅得十分认真，逐行逐句圈点，做了许多批注，并批转刘少奇、周恩来、彭真、邓小平审阅。

1954年6月30日，陈云向中央汇报了计划编制情况，并特别强调："我们编制计划的经验很少，资料也不足，所以计划带有控制数字的性质，需要边做边改。"

8月，8人小组审议国家计委提出的《中华人民共和国发展国民经济的第一个五年计划草案（初稿）》，为此，8 人小组连续举行了 17 次会议，对草案逐章逐节地进行了讨论和修改。

10 月，毛泽东、刘少奇、周恩来聚会广州，用一个月的时间，审议了由陈云、李富春主持的，经过反复讨论修改的《中华人民共和国发展国民经济的第一个五年计划草案（初稿）》。

当时，李富春还被邀请同往广州，以备咨询。朱德、陈云、邓小平留在北京主持中央日常政务。

11 月，陈云主持召开中央政治局会议，用 11 天的时间，仔细讨论了"一五"计划的方针任务、发展速度、投资规模、工农业关系、建设重点和地区布局，又提出了许多修改意见和建议。

1955 年 3 月中旬，新中国发展国民经济的第一个五年计划终于正式编出。

1955 年 3 月 21 日至 31 日，中国共产党召开了全国代表会议，会议讨论通过了"一五"计划草案，并建议：

> 中央委员会根据这次会议讨论的意见，对五年计划草案进行必要的修正，并在修正以后，提交第一届全国人民代表大会第二次会议予以审议和通过。

在这次会上，毛泽东就党的过渡时期总路线和"一五"计划做了重要讲话。他说：

> 发展国民经济的第一个五年计划是实现党的总路线的一个重大的步骤。这次党的全国代表会议应该根据实际经验，认真地讨论这个计划草案，使它的内容能够比较妥当，而成为切实可行的计划。

最后，毛泽东还对全党同志提出了他的希望："我希望，所有的省委书记、市委书记、地委书记以及中央各部门的负责同志，都要奋发努力，在提高马克思列宁主义水平的基础上，使自己成为精通政治工作和经济工作的专家。"

1955年7月5日至7月30日，第一届全国人民代表大会第二次会议在北京召开。

在会上，国务院副总理、国家计划委员会主任李富春作了《关于发展国民经济第一个五年计划的报告》。

经代表讨论，会议最终通过《中华人民共和国发展国民经济的第一个五年计划（1953－1957）》。并发出《关于发展国民经济的第一个五年计划的决议》。"决议"指出：

> 中国共产党中央委员会和毛泽东主席主持拟定的我国发展国民经济的第一个五年计划，

是全国人民为实现过渡时期总任务而奋斗的带有决定意义的纲领，是和平的经济建设和文化建设的计划。这个计划所规定的方针、任务和政策都是正确的，投资比例和各项指标都是切合实际的和合理的。这个计划的实现，将为我国社会主义建设和社会主义改造的事业奠定良好的初步的基础，从而促进国家的富强和人民的幸福。因此，大会决议：

通过中华人民共和国发展国民经济的第一个五年计划，并同意李富春副总理关于发展国民经济的第一个五年计划的报告。

……………

至此，历时四年之久、五易其稿的"一五"计划的编制工作胜利结束。

"一五"计划，反映了全国人民迫切要求改变我国贫穷落后的面貌、建设繁荣昌盛的社会主义新中国的共同愿望。

在"一五"计划的鼓舞下，全国城乡迅速掀起参加和支援国家工业化建设的高潮。

二、计划实施

- 毛泽东焦虑地说:"现在我们能造什么?能造桌子椅子,能造茶碗茶壶,能种粮食,还能磨成面粉,还能造纸。但是,一辆汽车、一架飞机、一辆坦克、一辆拖拉机都不能造。"

- 斯大林问:"中国政府是不是打算建立飞机厂?"

- 陈云警告说:"现在马跑得很危险,这样骑下去,后年、大后年更危险。"

周恩来率团访苏争取援助

1952年8月20日,周恩来与斯大林举行会谈,这也是中方代表团访苏后的第一次中苏正式会谈。

会谈开始后,斯大林首先表达了苏方对中国的感谢,斯大林认真地说:"我们应当感谢中国人民正在进行的正义斗争,对我国方面的巨大援助还在于中国向我们提供了橡胶。所以,我们要感谢中国。"

周恩来谦虚地说:"很遗憾,中国对苏联的援助是不够的。"

斯大林接着说:"你们取得政权晚了,晚了三十多年。"

在会谈过程中,周恩来讲了代表团奉命在莫斯科要同苏联领导人讨论的3个问题:关于朝鲜形势;关于近年来中华人民共和国国内形势和五年经济发展计划;关于旅顺口协定问题。

斯大林说:"旅顺口海军根据地延期共同使用一事,应当由中国方面主动提出。我们在那里是客人,客人不便提出这种问题。"

周恩来同意斯大林的意见,并提议就此问题互换照会。继旅顺口问题之后,还提出了修筑一条或途经蒙古人民共和国领土,或途经新疆地区的中苏之间的铁路计划。斯大林答应在修路方面给予援助，但认为修筑由苏联通往新疆的铁路更为重要。

随后，周恩来就151个工业企业的设计与施工，向中华人民共和国派苏联专家，苏联培养中国经济、技术、科研等部门所需人才等事项，向斯大林提出了请求。

周恩来说："以前派往中国的苏联专家做了大量工作，尤其在培养中国工人干部和专家方面。"

为此，周恩来请求苏联扩大人才方面的援助，请求苏方，挖掘潜力再向中国派800名苏联专家，并允许中国政府派中国青年前往苏联学校学习，派中国实习生前往苏联工业企业实习。

周恩来还请求通过提供技术资料给予中华人民共和国科技援助。

斯大林听后，很爽快地答应了中方提出的这些请求。

至于帮助中华人民共和国培养人才一事，斯大林强调指出："此事至关重要。如果中国有了自己的人才，中国就将站住脚。"

在会谈中，当谈及有关五年国防计划的问题时，周恩来说，他在准备材料，并将送交有关这一问题的书面报告。同时，周恩来还表示希望得到军事装备。

斯大林问周恩来："是指提供现成的武器，还是军工厂设备？"

周恩来回答："现在是指提供现成的武器。"

同时，周恩来还提出：关于60个师的装备已有协定,还想讨论海军方面的供应问题,并询问能不能得到飞机方面的什么援助。

斯大林听后,颇感兴趣地问道:"中国政府是不是打算建立飞机厂?"

周恩来想了想,谨慎地说:"第一个五年计划期间很难办成这件事,尤其是在制造喷气式飞机方面。要掌握飞机生产技术最早也得5年以后,而要掌握发动机制造技术也得3年以后。"

斯大林听了周恩来的解释后,提议说:"苏联可以向中国提供飞机发动机和其他配件,而中国可自行筹建这种飞机装配厂,人才可从中得到培养。然后可把飞机装配厂改造成飞机制造厂。我们走过的就是这样一条路子。中国的同志也适合选择这样一条路。应当先建一两座发动机组装厂,我们可以提供飞机发动机等配件。飞机在中国装配。波兰、捷克斯洛伐克和匈牙利就是这样做的。应当筹办这件事。装配厂建成后,过3年可再建飞机制造厂。这是一条最便捷、最正确的途径。"

9月3号,周恩来和斯大林又举行了第二次会谈。

这次会谈还涉及借助苏联方面的财政、技术援助,建立中华人民共和国的工业企业问题。

在会谈中,周恩来说:"初步拟定建设151个工厂,而航空工业企业、坦克制造和船舶制造企业除外。现在已将151个工厂压缩为147个工厂。虽说这些企业不仅为民用,而且也为军需服务,但不是军工企业。"

斯大林略微沉思了一下，说："通常我们很少建新企业，而是竭力扩建老企业。战争时期我们把飞机修理厂改造成飞机制造厂，把汽车制造厂改造成坦克制造厂。我们扩大了企业的业务范围，由各企业制造零部件，然后组装。这种办法中国应当试试。这比建专业工厂容易。"

在谈到中国偿还在中苏贸易中，中国方面欠下苏联方面的债务问题时，周恩来说："偿还债务有三种办法：扩大中国对苏联的出口；用外币清偿债务；接受苏联新贷款。"

周恩来问斯大林："上述弥补中苏贸易差额的办法中哪种最可取？"

斯大林听后哈哈大笑，并爽快地回答："也许三种办法均可以采用。"

谈及用外币偿付债务一事，周恩来表示：中华人民共和国政府在5年内有可能筹集到2亿美元、16亿英镑、港元和瑞士法郎。

对此，斯大林明确表示说："美元最好，因为英镑流通范围有限，关于港元，我必须征询苏联财政部的意见。"

斯大林又说："苏联非常需要铅、钨、锡、锑。希望增加这方面的供应。我们还可以购买苏联能在别国购买的柠檬、橙子、菠萝。"

周恩来随后提出苏联新贷款问题。他说：中华人民共和国政府希望得到40亿卢布的苏联贷款,其中8亿卢布用于偿付提供的工业设备,1亿卢布用于安排天然橡胶的生产,而其余的贷款打算用于偿付中国人民解放军60个师的装备和海军的供货。

斯大林说:"款是要贷的,但究竟贷多少,要经过计算。我们不可能贷40亿。"

周恩来说:"购买飞机的钱并未计算在内,买飞机以现金支付。"

斯大林说:"这里的问题不在于数字,而在于我们能不能生产出这么多装备。这一情况要弄清楚。为此需要两个月的时间。"

然后,周恩来讲起关于向中国增派各类苏联专家的请求。

周恩来说:从1953年起中国大约需要750名新派的专家,其中417名军事专家,190名财经问题专家,140名包括医学在内的各类学校教师和其他中国机关工作人员。

此外,周恩来请求苏方能够多派些军事工业方面的专家。

斯大林回答道:"派是要派,但派多少,很难说。"

斯大林当时关心地问:苏联驻华专家是不是带来了好处。

周恩来保证说:"带来了很大好处。"

9月15日,周恩来出席《中苏关于橡胶技术合作协议》等文件的签字仪式。在签字仪式上，周恩来对苏联的帮助表示了感谢。

周恩来面带微笑地对斯大林说："我现在举杯为中苏两国人民的伟大友谊获得新成就表示祝贺。"

周恩来话音一落，面带喜悦神情的斯大林就说："你们革命成功后，我们援助你们是我们的责任。只能说你们的运气好，假使你们的革命先成功，我们也会向你们求援的。我们应当感谢你们在朝鲜战争作战和提供橡胶两件事上对苏联的援助。"

苏方确立 156 个援华项目

1952 年 10 月 5 日，苏共第十九次党代表大会召开，刘少奇率中共中央代表团参加了苏共的这次大会。

东欧国家的主要领导人如捷克斯洛伐克共产党主席哥特瓦尔德、波兰统一工人党主席贝鲁特、民主德国统一社会党主席威廉·皮克、匈牙利劳动人民党总书记拉科西、罗马尼亚工人党总书记乔治乌-德治等，也参加了这次的会议，与会期间，他们都下榻在莫斯科苏维埃旅馆。

10 月 8 日，刘少奇代表中共中央向苏共十九大宣读了中共中央的贺词。

苏共十九次党代表大会，特别是苏联制订的第五个五年计划大纲，对世界社会主义阵营来说，是一件非常鼓舞人心的大事。同时，这次大会对我国第一个五年计划的制订和我们请苏联援助项目的提出，也提供了重要依据。

苏共十九次代表大会结束后，我国代表团就开始积极紧张地准备着谈判事宜。

当时，由于每天都要研究和讨论我方代表团提出的项目，所以代表团成员几乎把要谈的项目都背下来了。

1953 年 3 月 5 日，斯大林突患脑出血逝世。

斯大林逝世的消息使我国代表团感到十分震惊，不知道接下来的谈判会不会受到影响。

6日晚，中国代表团成员聚集到我驻苏大使馆，举行追悼仪式。李富春发表了悼念讲话。

7日下午，中国代表团到莫斯科工会大厦圆柱大厅，向斯大林的遗体告别。

斯大林的灵柩停放在四周摆满鲜花、花圈和棕树的高高的灵台上，吊唁的人群川流不息。

在吊唁仪式上，按照通常的外交惯例，外交使团的团长应走在最前面。当时驻苏联外交使团的团长是瑞典大使，按说他应走在前面。苏联为了突出中国，他们安排苏联外交部副部长陪着瑞典大使走得很慢，又安排一位司长陪同中国代表团很快走到瑞典大使的前面，第一个进入工会大厦圆柱大厅。

第二天，苏联报纸报道：中国代表团第一个进入工会大厦圆柱大厅，向斯大林同志遗体告别。

3月8日下午，周恩来率中国政府代表团飞抵莫斯科，参加斯大林同志的追悼大会。

斯大林同志的追悼大会在莫斯科红场举行，苏联把周恩来安排在最显著的位置上，同马林科夫、莫洛托夫等苏联党政领导人站在一起。

斯大林逝世以后，苏联的党政组织进行了很大的改组，苏联的政局也开始动荡。

早在斯大林逝世前，苏共政治局委员、部长会议副主席兼计划委员会主席萨布罗夫就向我们提出,在正式开始讨论各个项目之前,应先由苏联国家计划委员会等部门的负责人,给我国代表团成员讲一讲关于怎样做计划工作问题。在征得我方同意后,即着手开展安排讲授时间和内容。

1953年1月26日确定了讲授的内容,并从3月30日开始讲授。

从1月30日到2月26日,在近一个月的时间里,由苏联计划委员会的14位副主席和主要委员分别给我国代表团成员讲课,前后共讲了20次。

我国代表团的成员,分头把听课内容详细记下来并加以整理,编辑成一本书,就是后来由国家计委出版的《关于经济计划的问题》。

此外,中方还请苏联建设事业委员会、冶金部的专家讲授了"苏联建设事业委员会机械设置"、"都市改建问题"和"苏联地质工作问题"等专题。

1953年4月初,中苏双方正式进入关键性的谈判阶段。在此之前,我们同苏联方面也不断接触,就一些具体项目进行商谈,但是还处于零星、个别的项目谈判阶段。

4月初,苏联各部门的负责人开始和我方代表团进行谈判。

当时,负责冶金项目谈判的是曾任东北工业部秘书长的袁宝华,袁宝华的谈判对手是苏联计划委员会负责冶金工作的副主席。这个副主席对项目抠得非常细,他要我方把每个项目都详细地讲给他听,然后他再向我方提出问题,要我方回答。因为我方没有搞现代工业项目设计的经验,有好多问题一时回答不上来。特别是我们国内的项目设计当时工作做得较粗,很难满足项目设计的要求。尤其是冶金项目,许多矿山的资料不完整,勘探资料远远不能满足设计的需要。

在谈判时,最使我方挠头的就是矿藏量,这方面资料很不完全,给项目和设计谈判带来了很多困难。

关于钢铁生产,我方提出,除了改造鞍钢之外,还必须新建两个大钢铁厂,一个是包钢,一个是华中钢铁公司,即现在的武钢。对于包头钢铁厂的建设,苏联方面很有兴趣。他们认为,包头钢铁厂条件比较好,地理位置也好,背靠苏联。而对于华中钢铁公司的建设,则不感兴趣。他们认为,武汉处于台湾飞机轰炸的范围之内,不安全。

关于铝生产,我方提出,除了恢复抚顺铝厂之外,计划再建两个铝厂,一个建在贵州,一个建在郑州。对于这两个项目,苏方也不赞成。他们认为,根据中国的情况,有两个铝厂就够了。铝生产多了,中国自己用不了,卖给谁?卖给苏联,苏联也不要。在东欧已集中建立了一批铝厂,苏联已经够用了。苏方认为中国有两个铝厂,年生产能力就能达到10万吨。

由于这些分歧,所以许多项目都谈不拢,尤其是涉及到矿量的项目更是谈不拢。这样一来，有些项目谈得拢，很快就达成了协议，有些项目谈不拢，就迟迟达不成协议。

我方代表团没有办法，只好打电话把谈判情况报告中央，并请刚刚成立的地质部副部长宋应同志到莫斯科。

宋应同志到莫斯科以后，专门找了苏联地质矿产部的负责人，把我国对矿山进行的最新勘探情况向他们做了通报，他们表示同意和理解，认为我们做到这一步就可以了，不能对中国同志要求得太严格，因为中国目前还不具备对矿量进行详细勘探的能力。

苏联地质矿产部一表态，他们国家计委的同志也就基本同意了我方提出的项目。

到4月中旬，各方面的谈判都已进行得差不多了。我方原来的计划设想是委托苏联帮助我们设计150个新项目，其中约有60项苏联没有接受。

这时候，李富春派宋劭文回国向中央汇报。

4月17日，毛泽东亲自主持会议，政治局专门听取了宋劭文同志的汇报。

在会上，宋劭文汇报了与苏联新议定的91项新设计项目和原已决定的50个项目，一共是141项的情况。

对苏联同意建设和答应援助中国的项目，以及苏联希望中国向他们出口一些稀有金属，当时他们提出的主要是钨、锡、锑、钼、汞，这些事项，毛泽东基本上表示赞同。

宋劭文同志还向政治局汇报了，苏联部长会议副主席萨布罗夫对我国制订计划的建议。

萨布罗夫的建议很坦率，他说："我们苏联的计划是留有余地的，计划指标总能让企业提前一年完成，至少能够提前一个季度完成。也就是说，到五年计划的最后一年，在11月7日十月革命节前夕要完成五年计划。最好是提前一年，在第四年的十月革命节前完成五年计划。老实说，我们的社会主义国家力量还很薄弱，经验还比较缺乏，我们就是要鼓舞人的斗志，发挥人的积极性。假设我们订的计划指标太高，大家经过几年的努力，最后不能完成这个五年计划，那么，工人、农民、知识分子要哭了。做计划的同志要估计到一些不可预见的困难，给工人、农民、知识分子完成计划留有余地。"

听到宋劭文关于萨布罗夫的建议的报告后，周恩来讲，苏联国家计委给你们讲课的记录很好，应该印发到省委去学习。

对于苏联提出我们的铁路计划太庞大的意见，毛泽东和周恩来认为，我们的铁路太少，尽可能还是要多修些。

同时，中央还赞同苏联国家计委提出的我国应在国外设立经济参赞处的建议。要求经济参赞处负责项目设计、成套设备引进、聘请专家、交流技术资料、派遣实习生等。

宋劭文从北京返回莫斯科以后，苏联方面已经答应我方提出要求设计的项目清单，并提出了他们认为应削掉的项目清单和要求中国出口物资的清单。

这样，中苏双方又正式会谈了3次。分别是在3月30日、4月4日、4月25日。中国方面是李富春同志主谈，参加谈判的是宋劭文、代表军事工业的钱之道和代表民用工业的袁宝华。

苏联方面是米高扬主谈，参加谈判的是卡冈诺维奇、科西钦科和苏联贸易部第一副部长卡维尔。

谈判进行得比较顺利，很快达成了协议。

4月25日下午，袁宝华从苏联外贸部取回协定草案文本和附件，经过我方代表团多次认真讨论并仔细核准了中、俄文本。

5月15日，中苏双方由李富春和米高扬分别代表两国政府签订《关于苏维埃社会主义共和国联盟政府援助中华人民共和国中央人民政府发展中国国民经济的协定》。

在正式签订的协定中，明确了苏联帮助中国设计并援助建设的项目为141项。其中，在我们去苏联谈判之前就已议定的项目50项，赴苏联谈判过程中新确定的项目91项。

后来，苏联方面又同意追加了15项涉及军事工业方面的项目，使总项目数增加到156项。这就是156项的由来。

协定正式签订后，我方代表团都开始整理资料，做好善后工作，准备回国。其他未了事宜则交大使馆办理。

我方代表团于5月24日下午乘上火车，经过整整9个昼夜的颠簸回到了北京。

至此，历时近10个月的中苏谈判，画上了圆满的句号。

1954年10月12日，中苏两国政府又达成《对于1953年5月15日关于苏联政府援助中华人民共和国中央人民政府发展中国国民经济的协定的议定书》。其中苏联政府同意援助中华人民共和国政府新建12个企业和改建一个滚珠轴承工厂。

至1954年底被确定为156项建设项目。这也就是第一个五年计划中提出的建设重点。这些项目确定以后又有所调整。

在"156项"中，实际实施了150项。这150项为：

一、"一五"时期开工项目147项

煤炭25项：鹤岗东山1号立井、鹤岗兴安台10号立井、辽源中央立井、阜新平安立井、阜新新邱1号立井、阜新海州露天矿、兴安台洗煤厂、城子河洗煤厂、城子河9号立井、山西潞安洗煤厂、焦作中马村立井、兴安台2号立井、大同鹅毛口立井、淮南谢家集中央洗煤厂、兴化湾沟立井、峰峰中央洗煤厂、抚顺西露天矿、抚顺龙凤矿、抚顺老虎台矿、抚顺胜利矿、双鸭山洗煤厂、铜川王石凹立井、峰峰通顺3号立井、平顶山2号立井、抚顺东露天矿。

石油2项：兰州炼油厂、抚顺第二制油厂。

电力25项：阜新热电站、抚顺电站、重庆电站新建、丰满水电站、大连热电站、太原第一热电站、西安热电站（1-2期）、郑州第二热电站、富拉尔基热电站、乌鲁木齐热电站、吉林热电站、太原第二热电站、石家庄热电站、雩县热电站（1-2期）、兰州热电站、青山热电站、个旧热电站（1-2期）、包头四道沙河热电站、包头宁家壕热电站、佳木斯纸厂热电站、株洲热电站、成都热电站、洛阳热电站、三门峡水利枢纽、北京热电站。

钢铁7项：鞍山钢铁公司、本溪钢铁公司、富拉尔基特钢厂（1-2期）、吉林铁合金公司、武汉钢铁公司、包头钢铁公司、热河钒钛矿。

有色11项：抚顺铝厂（1-2期）、哈尔滨铝加工厂（1-2期）、吉林电缆厂、株洲硬质合金厂、杨家杖子钼矿、云南锡业公司、江西大吉山钨矿、江西西华山钨矿、江西岿美山钨矿、白银有色金属公司、洛阳有色金属加工厂。

化工7项：吉林染料厂、吉林氮肥厂、吉林电石厂、太原化工厂、兰州合成橡胶厂、太原氮肥厂。

机械24项：哈尔滨锅炉厂（1-2期）、长春第一汽车厂、沈阳第一机床厂、哈尔滨量具刃具厂、沈阳风动工具厂、沈阳电缆厂、哈尔滨仪表厂、哈尔滨汽轮机厂（1-2期）、沈阳第二机床厂、武汉重型机床厂、洛阳拖拉机厂、洛阳滚珠轴承厂、兰州石油机械厂、西安高压电瓷厂、西安开关整流器厂、西安绝缘材料厂、西安电力电窗容器厂、洛阳矿山机械厂、哈尔滨电机厂汽轮发电机车间、富拉尔基重机厂、哈尔滨炭刷厂、哈尔滨滚珠轴承厂、湘潭船用电机厂、兰州炼油化工机械。

轻工1项：佳木斯造纸厂。

医药2项：华北制药厂、太原制药厂。

军工41项：航空部12项、电子部10项、兵器部16项、船舶公司3项。

二、"二五"时期开工项目3项

有色2项：东川矿务局、会泽铅锌矿。

军工1项。

"156项"工程，为中国取得了巨大的经济建设成就。赫鲁晓夫首次来华时便坦率地对毛泽东说："我们的帮助不是无私的，因为中国能够强大起来也是对苏联的极大帮助。"

在立项所用的 5 年左右时间中，中国与苏联、东欧等友好国家建立了贸易往来，通过平等互利的贸易协议获得建设所需的资金、技术和设备。

在利用苏方资金、技术和设备的过程中，强调从中国的实际情况出发，要在中国进行设计，要加快消化吸收、尽快培养中国自己的设计技术人才。

陈云曾说：

> 对于苏联人民给我们的援助，无论是革命战争年代给的，还是和平建设时期给的，中国人民都没有忘记，也永远不会忘记。

"156 项"建设是新中国首次通过利用国外资金、技术和设备开展的大规模的工业建设。在工业基础极端薄弱、建设经验近乎空白的条件下，中国第一代党和国家领导人以高度认真负责的态度开展了建设项目的立项工作。

苏联对中国的"无私援助"，是指在资本主义封锁的严峻环境中，苏联的援助使中国突破了封锁，获得了当时即使在苏联国内也是相当先进的技术和设备；苏联的低息贷款使资金极端短缺的新中国减少了利息负担；在项目确立与实施的过程中，中苏双方相互尊重与体谅，配合默契与高效，取得了良好的效果。

这种援助是通过贸易方式在平等互利、等价交换的原则下实现的。新中国经济的恢复和发展、新中国政权的巩固，有力地改变了世界的政治、经济格局，壮大了以苏联为首的社会主义阵营。

1952年至1966年，中国人民在党和政府的领导下，经历了创业的艰辛，跨越了重重险阻，完成了"156项"建设。

这些项目与我国自己完成的1000余个限额以上建设项目相配套，使中国大地上空前地矗立起崭新的工业体系，奠定了中国工业化的初步基础。人民将永记这一中国工业化史上的浓墨重笔。

当然，"156项"在实施的过程中也遇到了一些困难，也产生了一定的负面效应。比如：过于强调把引进重点放在建设施工和投产上，忽视创新能力。有些引进设计项目脱离了中国的国情而没有成功。从引进方式来说，过度依靠苏联支援的大规模引进，存在着一定的缺陷。在1960年初苏联突然终止援助时，中国方面有些措手不及，许多引进建设项目纷纷下马。中国不得不重新探索自己的对外贸易道路。

中央决定优先发展重工业

1953年1月1日，新年的第一天，党和政府通过《人民日报》发表元旦社论《迎接1953年的伟大任务》，社论庄严宣告：

> 我国经济恢复时期已经结束，今年将开始执行国家建设的第一个五年计划。

从此，全党和全国人民把自己的注意力转移到了社会主义工业化建设的任务上来，以空前的积极态度投入到新中国大规模、有计划的经济建设事业当中。

第一个五年计划最终编制完成是在1955年，而"一五"计划的开始时间却是1953年，这在当时是有特殊原因的。

原来，在我们这样的大国，初次编制五年计划，缺乏必要的经验，地质资源情况也掌握不清，国民经济中的多种经济成分并存更增加了计划工作的复杂性。

同时，从1950年开始的抗美援朝战争，直到1953年7月底才实现了停战。苏联帮助我国建设的156项工程中的主要部分的第二批的91个项目，也直到1953年5月才确定下来。

由于上述原因，我们只能一面建设，一面编制计划。

新中国经济建设的总任务就是要使中国由落后的农业国逐步变为强大的工业国，特别是要建立起强大的重工业，因为这是使我们伟大的祖国独立和富强的必要条件和要求。

当然，重工业作为衡量一国工业水平的重要标志，早在新中国成立前，就受到党中央的重视。

1949年5月，全中国即将解放，刘少奇视察永利久大公司塘沽碱厂，邀请当时正在印度的永利久大公司总工程师侯德榜回国。

侯德榜闻讯后，非常高兴，辗转绕道回到北平，当时聂荣臻亲自到火车站迎接。

7月，周恩来专程到永利久大公司驻北平办事处看望侯德榜，祝贺他克服重重困难，胜利回到祖国。

周恩来热情地对侯德榜说："侯先生能够从国外回来，我代表党中央对你的到来表示欢迎。以后新中国在化学工业上的决策还要侯先生多多提宝贵意见。"

听到周恩来的话，侯德榜非常激动，连连说："愿意效劳，愿意效劳。"

接着，周恩来询问："侯先生现在有何困难吗？"

侯德榜提出永利沽厂和宁厂生产原料不足、产品销路不广、资金周转迟滞等问题。

周恩来当即表示，政府可以收购产品，提供周转资金，原料供应待交通畅通后一定尽力帮助。

最后，周恩来还嘱咐侯德榜，只要对发展生产有利，不管有什么困难，希望随时相告，政府一定全力协助。

接着，毛泽东在中南海也亲切地会见了侯德榜。毛泽东风趣地对侯德榜说："革命是我们的事业，工业建设要看你们的了！希望我们共同努力建设一个繁荣富强的新中国。"

在党中央、毛泽东、周恩来的关怀下，永利沽厂、宁厂的生产迅速得到恢复和发展，在支援解放战争和国家建设方面起了很大作用。

至今沽厂仍是我国八大纯碱厂之一，生产的"红三角"牌纯碱驰名国内外。

1949年10月，周恩来在百忙之中，又在北京会见了另一位化学工业实业家吴蕴初。

吴蕴初在旧中国创办了上海、重庆、宜宾天原化工厂，都是以烧碱为主产品的重要基本化工企业，还开办了上海天厨味精厂。吴蕴初同当时的范旭东齐名，人称"南吴北范"。

新中国一成立，吴蕴初就从香港回来主持天原化工厂，周恩来同吴蕴初一见面，就风趣地说："味精大王回来了，欢迎，欢迎！"

会见后，周恩来便设宴招待吴蕴初，对吴蕴初亲切地说："中国化学工业将会有很大发展，希望吴先生能为化工事业继续努力。"

在当时，共和国的领袖们不仅对化学工业非常关心，对钢铁工业、机械工业、国防工业也都倾注了大量的心血和精力。

新中国成立之后，百废待兴。毛泽东曾说过："一个粮食，一个钢铁，有了这两样东西就什么都好办了。"

1950年，刘少奇在《国家的工业化和人民生活水平的提高》一文中，就关于在"一五"计划中，如何正确对待农业、轻工业和重工业的关系问题，曾做过设想。

刘少奇在文章中说：

> 首先，我们必须恢复一切有益于人民的经济事业，并使那些不能独立进行生产的已有的工厂尽可能地进行生产。
>
> 其次，要以主要的力量来发展农业和轻工业，同时，建立一些必要的国防工业。
>
> 再次，要以更大的力量来建立我们重工业的基础，并发展重工业。最后，就要在已经建立和发展起来的重工业的基础上，大大发展轻工业，并使农业生产机器化。

不久，朝鲜战争爆发。国际形势发生了新的重大变化，经济建设所需的和平环境遭到破坏。

在当时我国重工业非常落后。1952年，我国的工业基础远远落后于其他国家，甚至落后于苏联、东欧各社会主义国家第一个五年计划前夕的状况。

重工业水平的落后还表现在许多工业部门尚未建立起来。当时我国还不能自己制造汽车、拖拉机、飞机，还不能制造重型的和精密的机器。

在这种情况下，党和国家领导人经过对当时的政治、经济、国际环境诸多方面利弊得失，进行反复权衡和深入讨论之后，认为我国的"一五"计划，必须以发展国家的重工业为中心环节。

1953年12月，中共中央在过渡时期总路线的宣传提纲中，对于优先发展重工业的问题，进一步做了系统的理论阐述。

当时党内有些同志，也包括一些党外朋友中的有识之士，却看不到发展重工业的重要性，片面强调中国经过22年的战争，经济亟待恢复，人心思定，不能再打仗了，人民生活亟待改善，应该多搞些轻工业。

有的甚至说："工商业者可去搞轻工业，国家则专搞重工业，这样分工合作，于国于民两利。"

这两种议论，一时呼声甚高。

1953年9月12日，毛泽东在中央人民政府委员会第二十四次会议上的讲话中，对这种思想提出了善意的批评。他说：

说到"施仁政"，我们是要施仁政的。但是，什么是最大的仁政呢？是抗美援朝。要施这个最大的仁政，就要有牺牲，就要用钱，就要多收些农业税。多收一些农业税，有些人就哇哇叫，还说什么他们是代表农民利益。我就不赞成这种意见。抗美援朝是施仁政，现在发展工业建设也是施仁政。

1954年6月，在中央人民政府委员会第三十次会议上，毛泽东不无焦虑地说："现在我们能造什么？能造桌子椅子，能造茶碗茶壶，能种粮食，还能磨成面粉，还能造纸。但是，一辆汽车、一架飞机、一辆坦克、一辆拖拉机都不能造。"

特别是当时我们还没有现代化的国防工业。而抗美援朝战争还没有彻底结束，世界上的头号强国美帝国主义还同我们处于军事对峙状态，我们急需建立强大的军事工业以增强国防力量。

在这种情况下，如果我们不优先发展重工业，尽快建立自己独立完整的工业体系，肯定无法以现代化装备振兴我国国民经济，屹立于世界各国之林。

1955年7月，第一届全国人民代表大会第二次会议在北京召开。

会议指出：

> 五年计划规定优先发展重工业，并以工业投资的88.8%来建设重工业，我认为这是完全符合党在过渡时期的总路线的要求和全国人民

的根本利益的。

实践证明，我国"一五"计划采取优先发展重工业的方针是正确的，这一决策是英明的，富有战略眼光的。

正是由于我们执行了优先发展重工业的方针，同时适当地安排了农业、轻工业和其他事业的发展，才使我国"一五"计划取得了巨大成就，并取得了经济效益和社会效益的双丰收。

中央重视农业和轻工业发展

1952年12月22日，中央发出的《关于编制1953年计划及长期计划纲要的指示》。

"指示"指出：

> 集中力量保证重工业的建设，决不能理解为可以忽视轻工业的发展、农业和地方工业的发展、贸易合作事业和运输事业的发展及文化、教育、卫生事业的发展，以至放松对这些事业的领导。如果那样，显然也是错误的。

在一次会上，为了引起大家对农业的关心，陈云将"一五"计划中的一些薄弱环节实事求是地向大家做了说明。

陈云说："五年计划中最薄弱的部分是农业，即使完成计划也是很紧张的。轻工业要增产，主要不是投资问题，而是原料问题。"

1956年4月，随着经济的发展、人民生活的改善和扩大出口的需要，农业和轻工业不相适应的情况逐步暴露出来，毛泽东在《论十大关系》的讲话中指出：

重工业是我国建设的重点。必须优先发展生产资料的生产，这是已经定了的。但是决不可以因此忽视生活资料，尤其是粮食的生产。

……

在处理重工业和轻工业、农业的关系上，我们没有犯原则性的错误。

……

我们现在的问题，就是还要适当地调整重工业和农业、轻工业的投资比例，更多地发展农业、轻工业。

面对全国重视重工业、轻视农业和轻工业的情况，毛泽东很是着急，他严厉地对一些同志说："如果你们真不重视农业和轻工业的发展，我就要把'重轻农'的次序改为'农轻重'！"

1957年2月27日，毛泽东在《关于正确处理人民内部矛盾的问题》一文中，再次强调了要处理好农、轻、重的比例关系。

他指出：

在第二个五年计划和第三个五年计划期间，如果我们的农业能够有更大的发展，使轻工业相对地有更多的发展，这对于整个国民经济会有好处。农业和轻工业发展了，重工业有了市场，有了资金，就会更快地发展。

毛泽东的这番讲话，一方面充分肯定"一五"计划执行优先发展重工业的指导方针是正确的，另一方面也告诉全党同志，要根据条件的变化及时处理好农、轻、重的关系，避免出现畸轻畸重的现象，以保证国民经济的协调发展。

正是在执行优先发展重工业方针的前提下，使全国各地较为合理地安排了农业、轻工业和其他行业的发展，才使"一五"计划取得了协调、稳定发展的成就。

毛泽东要求调整工业区布局

1955年年初的一天,毛泽东把周恩来、李富春叫到菊香书屋,专门商量156项工程的安排问题。

会谈开始后,毛泽东点燃了一支烟,缓缓地说:"在经济建设问题上,我们要考虑中国的实际,不能完全按照苏方的意见办。他们说得对的,要听;不对的,就不要听。总之要有我们自己的主张。"

周恩来、李富春点头表示同意。

最后,毛泽东与周恩来、李富春确定了这样一个原则:

既要尊重苏联专家的意见,又要有自己的主张。

原来在20世纪50年代初,苏联高级经济专家和政府首脑曾经提出:中国的经济建设要想快速发展,必须把工业集中在东部沿海和东北地区。

当时,在中国党和国家的领导人中,绝大多数人都认为苏联人说得有道理,应该按苏联方面的意见去办。

因此,中国在制订"一五"计划时,基本接受了苏联方面的意见。

1953年，苏联援建的156项工程开始逐步实施，苏联方面打算按照原来的意见，把援建中国的项目集中在中国的东北和靠近沿海的一些大中城市。

沿海和东北地区工业建设的各方面配套条件较好，企业发展快，又可与苏联的工业建设相联系，见效明显。

但是，这种布局与当时的国际背景不符。对此，毛泽东深有认识。他认为，如果把156项工程全部集中在东北和沿海大城市，对中国工业的均衡布局和国家建设的全面展开显然是不利的。

尤其是国防工业，都建在与正在打仗的朝鲜相邻的东北地区和易受美蒋飞机袭击的沿海大城市，更不妥当。

同时，1949年以前，中国工业不仅规模小，门类残缺不全，技术水平低，而且分布极不平衡，70%以上集中在东部沿海地带的几个城市，广大西部地区的工业产值不足10%。

抗战初期，东南沿海和长江中下游地区部分工厂西迁，西部工业在规模上有所增加，在技术上有所加强。但这些工业主要集中在重庆、西安、昆明、贵阳、兰州等少数城市和矿业镇，其他广大地区基本上没有什么现代工业。

1949年中华人民共和国成立后，国民经济的恢复工作仅用3年时间就得以完成，而此时西部工业依然十分落后。

为了合理利用内地资源，调整生产力布局，改变机器工业集中于沿海省市的状况，就必须要改变这种工业布局。

到了1956年，苏方经济建设中的弊端已经显现出来，此时毛泽东感到，对苏联的经验绝不能照搬。可是当时有一些人却十分信奉苏联经验，毛泽东则警告说："苏联人走的弯路，我们不能再走。"

基于这一考虑，毛泽东对中国经济建设布局问题进行了更深入的思索。他指出：

> 我国全部轻工业和重工业，都有约70%在沿海，只有30%在内地。这是历史上形成的一种不合理的状况。
>
> 沿海的工业基地必须充分利用，但为了平衡工业发展的布局，内地工业必须大力发展。在这两者的关系问题上，我们也没有犯大的错误，只是最近几年，对于沿海工业有些估计不足，对它的发展不十分注重了。这要改变一下。

在毛泽东的英明决策下，我国重新调整了经济建设布局，在新的经济建设布局中，西部地区的发展被放在了十分重要的地位。

中央纠正计划实施过程中的问题

1956年2月8日，国务院第二十四次全体会议在北京召开。

在这次会上，面对全国各地出现的冒进形势，周恩来略显焦虑地说："现在有点急躁的苗头，这需要注意。社会主义积极性不可损害，但超过现实可能和没有根据的事，不要乱提，不要乱加快，否则就很危险。"

对于那些有冒进思想的各级领导干部，周恩来提醒道："领导者的头脑发热了的，用冷水洗洗，可能会清醒些。各部专业会议提的计划数字都很大，请大家注意实事求是。"

2月下旬，周恩来再次召开国务院会议。

在会上，周恩来说："今天主要讨论物力、人力、财力问题。陈云同志说得好，过去吵'财力'，现在吵'物力'，我看以后还要吵'人力'。"

第一个五年计划实施以后，人们建设社会主义的热情高涨，对未来的前景充满了乐观的期待，这反映了中国人民要求迅速摆脱贫穷落后面貌的强烈愿望，是十分可贵的。

但是，在实际的工作过程中，不能根据当时的财力和物力情况出发，不顾客观实际地匆匆忙忙往前赶的现象十分普遍。

1955年以后，经济工作中急躁冒进的思想在党内迅速膨胀起来。在全国冒进膨胀的形势下，各生产部门纷纷开始修改自己原定的生产计划，提高原计划的经济指标。

1956年初，各部专业会议，在批判"右倾保守""提前实现工业化"的口号激励下，大都要求把15年远景设想和《农业四十条》中规定12年或8年的任务，提前到在5年甚至3年内完成。

要尽量往前赶，就得准备生产能力，早上基本建设。

然而，实事求是地说，尽管"一五"计划的头几年经济形势较好，但新中国当时的国力还是很弱的，按照这样的规模和速度进行建设是承受不了的。

实际情况也是这样，随着1956年初基本建设规模的迅速扩大，经济工作中的各个方面都开始出现了紧张的情况。

面对这种形势，陈云作为全国经济工作的主要领导人，感到非常着急，他多次提醒大家经济建设要稳步进行，要注意综合平衡。

陈云还多次对有些同志说："根据中国的情况，每年总要有些结余才行。"

陈云的观点，得到了周恩来等人的赞成和支持。

在执行"一五"计划中，周恩来积极稳妥，实事求是，始终保持着冷静的头脑。

为此，周恩来不断提醒各级干部不要头脑发热，注意实事求是。

6月12日，国务院第三十次会议在京召开，周恩来主持会议。

这次会议通过了《1955年国家决算草案和1956年国家预算草案》，其中关于1956年预算部分，基本上是按削减以后的数字计算的。

1956年底，在讨论编制1957年预算和控制基本建设投资时，陈云更是多次阐明了反对冒进的观点。

1956年12月4日，陈云主持国务院常务会议，讨论1957年度国民经济计划草案。

在会上，陈云指出："二中全会决定1957年基本建设投资为126亿元，关键是看材料，材料够就搞126亿元，如果材料不够就砍下来。"

12月18日，陈云主持国务院第四十一次全体会议，又在会上强调要把建设和民生的关系摆好，从财政和金融贸易这方面看，主要应注意以下几点：

1. 财政预算和现金收支必须是平衡的，不能有赤字，而应略有结余。

2. 预算中建设规模应该和物资的供应相适应。首先应该照顾到必需的民生的生产，有余再搞建设。

3. 每年人民购买力与供应人民的消费品应

该求得平衡。

4. 我国的建设需要的外汇大体上依靠农产品出口，农业对工业有很大的约束力，工业不能不管农业而为所欲为。

12月27日，陈云再次就这个问题在国务院常务会议上做了发言。

在会上，陈云警告说："现在马跑得很危险，这样骑下去，后年、大后年更危险。"

陈云还说："明年要削减投资，必须要搞些死办法，灵活了不行，哪些东西不搞就是不搞，不准增加就是不能增加，要砍就砍下来。当然，我们共产党最好是按辩证法办事，但这样不行，不来个绝对主义办不了事。"

会上有些同志担心地说："投资削减以后，有些项目就不能搞了，工人也不好安排啊。"

听到这些后，陈云不紧不慢地说："我看不能搞就不搞，计划完不成就完不成，工人能做别的就做别的，不能就照发工资。这样对不对呢？我看不会不对，如果到明年8月我们看不对，8月以后再搞也来得及。"

为了鼓励国务院主持经济工作的一些干部要敢于负责，勇于负责，陈云说："经济工作还是大家讨论，我们作决定，我们向中央负责，我们责无旁贷。少奇同志管党的工作，小平同志担任党的总书记，总司令也不管这些事，总理忙得很。首先是我们几个人，李先念、李富春、薄一波负责，我们肩上担着6亿人的事，如果搞得天下大乱，打我们的屁股。"

陈云的这些话在当时对于压缩基本建设投资，反对急躁冒进情绪起到了重要的作用。

实践证明，陈云反对冒进的意见是正确的，他关于建设规模要和国力相适应的理论也是极为深刻的。

正是因为有周恩来、陈云等领导人对反冒进的关注，才使第一个五年计划少走了不少弯路，对"一五"计划的顺利实施，起到了重要作用。

全国掀起"一五"建设高潮

1953年5月1日,天安门广场上花团锦簇,参加游行的首都各界人士个个欢欣鼓舞。因为在这一年,新中国胜利地完成了3年经济恢复,也就是在这一年,中国开始了第一个五年计划。

在1953年年初召开的全国政协会议上,周恩来说:"今年是执行五年计划的第一年。我们国家计划建设的规模一开始就是极其宏大的,摆在人民面前的任务是光荣而巨大的。"

在5年内,全国经济和文教建设的投资总额为766.4亿元,折合黄金7万万两以上。用这样大量的投资进行国家建设,这在中国历史上是空前的。

第一个五年计划的基本任务,是集中主要力量进行以苏联帮助中国设计的156个重点项目为中心的,由限额以上的649个建设项目组成的工业建设,建立我国社会主义工业化的初步基础;发展部分集体所有制的农业生产合作社,并发展手工业生产合作社,建立对农业和手工业的社会主义改造的初步基础;基本把资本主义工商业纳入各种形式的国家资本主义轨道,建立对私营工商业的社会主义改造的基础。

周恩来十分重视156项重点工程的建设,有些工厂选择厂址，他亲自过问，并下去实地考察才最后定下来。

在领导的英明决策和领导下，那时，刚刚翻身做主人的全国人民工作热情高涨，齐心协力，努力工作，最终顺利完成了"一五"计划。

当时，工人阶级作为领导阶级和工业化战线上的主力军，以积极生产的实际行动投身于国家建设。

以下是"一五"计划实施期间的两个画面：

在黑龙江省齐齐哈尔市某村，全村在村支书李向前的带领下，每天天没亮就出工，天黑才收工，奋战了6个月终于把一片荒原改造成了600亩良田。

…………

在吉林化工区，从全国各地调集的3万名职工，顶着凛冽的寒风，在零下几十度的气温下，夜以继日地战斗在松花江畔。仅用了两年半的时间就在一片荒芜的松花江畔建立起了一个新的化工区。

1953年8月，中共中央发出《关于增加生产、增加收入、厉行节约、紧缩开支、平衡国家预算的紧急通知》。

全国总工会积极响应，号召工人阶级在全国掀起一个群众性的增产节约运动高潮。

鞍钢机械总厂青年工人王崇伦，先后8次改进工具，创造了"万能工具胎"，大大提高了生产效率。按1953年定额计算，他一年完成了4年多的工作量，产品全都是一级品。

1954年2月8日《人民日报》发表社论，号召发扬王崇伦的工作精神，提前完成国家"一五"计划。

广大农民用努力增加生产，积极交纳农业税和交售粮棉的实际行动来支援工业建设。在工业建设中，特别是在矿区建设上，大批青年农民被吸收到工人阶级队伍中来，成为工业建设中的生力军。

知识分子、工程技术人员和科学工作者在为实现国家工业化大显身手。大批高等学校和各类专业技术学校的毕业生，无条件服从国家统一分配，为社会主义建设奉献青春。

正是由于全国亿万人民在党和人民政府的领导下，齐心协力，努力生产，使得农业生产丰收，工业建设战线捷报频传。

第一个五年计划的制订和执行，为我国的社会主义工业化奠定了初步基础，并开始形成高度集中的计划经济管理体制。

三、伟大成就

- 何长工用英语坚信地说:"中国人民有毛主席领导,什么困难也难不倒。"

- 毛泽东挥毫写下了"第一汽车制造厂奠基纪念",并说:"我们不仅要有第一,还要有第二、第三。"

- 周恩来的报告历时3个小时,他的报告不断地被全场暴风雨般的掌声所打断。

钢铁产业突飞猛进

1953年12月26日,鞍钢的三大工程大型轧钢厂、无缝钢管厂、七号炼铁炉举行建成投产典礼。

鞍钢全体职工立刻写信给毛泽东同志,向他报告这一喜讯。

收到喜讯后,毛泽东同志亲自复信祝贺。毛泽东在信中说:

鞍钢无缝钢管厂、大型轧钢厂和七号高炉的提前完成建设工程并开始生产,是1953年我国重工业发展中的巨大事件。我向参加这项工程的全体职工、鞍山钢铁公司全体职工和帮助鞍山建设事业的全体苏联同志致以热烈的祝贺和深切的感谢。

我国人民现正团结一致,为实现我国社会主义工业化而奋斗,你们的英勇劳动就是对于这一目标的重大贡献。

希望你们继续努力,学习苏联先进经验,发挥你们的智慧和力量,争取更大的成就。

这封热情洋溢的信,表达了毛泽东同志对鞍钢和整个钢铁战线广大职工的极大关怀和殷切的期望。

钢铁工业是第一个五年计划重点建设的行业，当时，毛泽东同志在思考如何加快我国工业化的问题上，就很重视钢铁工业的建设，这从投资结构中就可以看出。

"一五"计划国家在基本建设投资中，工业总投资占42.53%，为250.26亿元。而在工业投资中，钢铁工业的投资为37.93亿元，占工业总投资的15.16%。钢铁工业的建设成为"一五"计划时期建设的重点之一。

早在东北解放时，东北的工业在战争中遭到的破坏特别严重，百废待举。鞍山、本溪、抚顺等钢铁厂全部停产，高炉、电炉冻结。

面对困难，钢铁建设者们坚决按照毛泽东同志和党中央的战略决策，抓住重点，先从鞍钢着手，恢复东北工业，新中国学习工业管理的工作也先从这里开始。

在当时，东北工业部处以上干部都要深入到鞍钢的工厂、矿山。从采矿、选矿、烧结、焦化、炼铁，到炼钢、轧钢等生产工序，一个一个看，一个一个听，从头到尾，向内行学习，向专家技术人员请教，包括向原国民党资源委员会中的专家以及尚留在鞍钢的几位日本技术人员请教。

在此期间，钢铁建设者们上午实地观摩考察，下午听技术人员讲课，一边学习，一边了解情况，一边研究恢复生产的方案。

1949年7月，在毛泽东同志和党中央的直接关怀下，鞍钢恢复了生产。

毛泽东同志知道这个消息后，很高兴，即委派李富春代表党中央到鞍钢送"为工业中国而斗争"的锦旗，表示祝贺。

与此同时，本溪、抚顺等钢铁厂也先后投入了生产。毛泽东同志极为重视鞍钢的恢复和改建，在他1949年12月出访莫斯科时，签订的苏联帮助中国建设的50个工程项目中，鞍钢列于榜首。

1949年底，中央派李富春率老解放区技术干部10人组成中国代表团，与苏方经过充分协商，于1950年3月签订了苏联与中华人民共和国《关于恢复和改建鞍钢技术援助议定书》，这是苏联斯大林时代对我国技术援助的第一个议定书。

1950年2月，毛泽东同志访苏回国途经沈阳时，得知鞍钢等东北钢铁企业生产的钢材已经开始运到全国各地时，非常高兴，对身边的同志连声讲道："鞍钢出了钢材，还要出人才。"

1951年12月13日，根据东北工业部的建议，李富春亲笔给毛泽东和周恩来写报告，请求动员全国有关方面的力量帮助鞍钢建设"三大"工程。

12月17日，毛泽东亲笔批示：

完全同意，应大力组织实行。

在毛泽东同志的批示精神鼓舞下，全国各地派遣了大批有经验的干部到鞍钢担任厂矿领导工作。据统计，从 1949 年到 1953 年，派到鞍钢的县级以上的领导干部就有 500 余人。这些干部的到来有力地加强了鞍钢生产建设的领导。

1952 年开始，中国政府批准了东北工业部拟定的鞍钢建设计划任务书，确定鞍钢的建设规模为年产钢 350 万吨。

从此，鞍钢以建设七号高炉、无缝钢管厂、大型轧钢厂"三大"工程为中心，进行了全面建设。这是新中国成立后的第一批大型钢铁建设项目。

当时，毛泽东同志不仅极为关心东北工业生产建设的恢复和发展，而且对工作进程给予了密切的关注。

在创造生产新纪录运动中，鞍钢炼钢厂创造了超过当时资本主义国家水平的炼钢时间和炉底面积利用系数新纪录，全厂职工于 1952 年 12 月 2 日写信向毛泽东同志做了报告。

12 月 14 日，毛泽东当即回信：

> 我很高兴地读了你们 12 月 2 日的来信。祝贺你们在平炉炼钢生产上的最新成就。你们以高度的劳动热情和创造精神，在苏联专家的帮助之下，创造了超过资本主义各国水平的炼钢时间和炉底面积利用系数的新纪录。这不仅是

你们的光荣，而且是我国工业化道路上的一件大事。希望你们继续努力，为完成1953年度炼好优质钢的新任务而奋斗！

毛泽东同志多次向钢铁战线全体职工发出号召、提出要求，希望钢铁工业发展得快一些。

1955年毛泽东在全国工商联执委座谈会上讲："我国地大物博，现在每年只有200万吨钢，实在不像话。我们要全国努力，工商界也要努力，四五十年总行吧，我们要争这口气，超过美国。"

李富春听到毛泽东的话后，赞同地说：超过美国用不到100年，我同意。

1956年8月，在中国共产党第八次代表大会预备会议第一次会上，毛泽东同志又讲：

我们的党是伟大的党，我们的人民是伟大的人民，我们的革命是伟大的革命，我们的建设事业是伟大的建设事业。6亿人口的国家，在地球上只有一个，就是我们。过去人家看不起我们是有理由的。因为你没有什么贡献。

钢一年只有几十万吨，还拿在日本人手里。国民党蒋介石专政22年，一年只搞到几万吨。我们现在也还不多，但是搞起一点来了。今年可能达到400多万吨，明年突破500万吨。第二个五年计划要超过 1000 万吨，第三个五年计划就可能超过 2000 万吨。我们要努力实现这个目标。

在中央的大力支持下，钢铁工业迅速发展，职工积极性高涨。张明山、王崇伦、马万水等一些先进工人纷纷涌现，在他们的带动下，一个以技术革新和技术革命为中心内容的先进生产者运动发展起来了，钢铁生产与建设形势发展得很快很好。

在国家"一五"发展计划中，鞍钢通过改造和扩建，企业生产能力超过原计划指标。1957 年生产铁 336.1 万吨、钢 291.07 万吨、钢材 192.39 万吨，成为我国第一个大型钢铁基地，被誉为"中国钢铁工业的摇篮""共和国钢铁工业的长子"。

与此同时，全国钢铁工业也获得了长足发展。

"一五"期间，中国钢产量从 1952 年的 135 万吨提高到 1957 年的 535 万吨，只花了 5 年时间。

中国钢铁工业 5 年所走过的路程相当于美国 12 年、英国 23 年、法国 26 年所走过的路程。工业生产能力的巨大增长，为我国工业进一步高速度发展创造了物质基础。

毛泽东同志看到我国钢铁工业在第一个五年计划期间所取得的胜利，非常高兴。

1957 年 11 月，他在莫斯科社会主义国家共产党和工人党会议上说："同志们，我讲讲我们国家的事情吧。我们今年有了 520 万吨钢，再过 5 年，可以有 1000 万吨到 1500 万吨钢……

"中国从政治上、人口上说是个大国，从经济上说现在还是个小国。他们想努力，他们非常热心工作，要把中国变成一个真正的大国。"

这充满激情的讲话，充分表达了毛泽东同志对振兴中国钢铁工业的期望和信心。

中国钢铁业的迅速崛起，为新兴工业，如飞机、汽车、重型机械、发电设备、冶金和矿山设备、精密仪表、新式机床、塑料、无线和有线电器材的制造创造了条件。

旧中国一穷二白的面貌终于发生了根本性的变化。

航天工业取得重大进展

1954年7月25日，晴空万里，三二〇厂万名职工在飞机场隆重举行首架飞机制造成功典礼。

历史将会记下这一天，因为它是我国航空工业史上划时代的日子。

典礼现场，临时搭建的大会主席台四周，红旗招展，上面悬挂着横幅"庆祝第一架飞机制造成功大会"。

庆典大会在雄壮的国歌和鞭炮声中开始，几位领导相继讲话，热烈颂扬我国自制的飞机在军旗升起之地的南昌胜利诞生。

接着，飞机开始以矫健的英姿，在喧天的锣鼓声中再次升上蓝天，先后做了一个小时的飞行表演，一会儿高空翻滚，一会儿低空盘旋，那凌空气势犹如一道亮丽的风景线。

此时，二机部部长赵尔陆高举双拳，在空中挥了三下，然后在扩音器里连说："太棒啦！太棒啦！"

苏联专家组长瓦西列夫在台上高兴地大声说："飞机性能好极了！好极了！"

经历艰苦奋战的广大职工，此时更是兴高采烈，一片欢腾，许多职工激动得流下了热泪，各车间主任紧握身边工人的手，并与技术人员拥抱，共享幸福喜悦，共庆重大胜利。

次日一早,人们在广播里聆听了新华社播发的《我国自制飞机成功》的重要新闻,《江西日报》和首都报纸都以头版头条登载了这一喜讯。

毛泽东闻讯,专门寄来嘉勉信,信中说:

7月26日报告闻悉,祝贺你们试制第一架雅克18型飞机成功的胜利。这在建立我国的飞机制造业和增强国防力量上都是一个良好的开端,希望你们继续努力,在苏联专家的指导下,进一步地掌握技术和提高质量,保证完成正式生产的任务。

周恩来获知南昌自制首架飞机胜利成功,并通过国家鉴定后,非常高兴,也立即发来贺电,表示热烈祝贺。8月26日,国防部长彭德怀庄重批示:

同意雅克18型飞机成批生产。

不久,全国人大委员长刘少奇视察江西时,也专程深入到三二〇厂,看望了苏联专家。

刘少奇对苏联专家说:"毛主席访问苏联时,斯大林送给毛主席一架伊尔14型飞机,那是全国第一架。现在我国工人阶级自己能够制造飞机,谱写了航空工业的灿烂乐章。谢谢你们无私的国际主义援助。"

能够自己制造飞机，一直是党中央和全中国人民的心愿。

新中国成立伊始，百废待举。东北边境在抗美援朝期间，屡遭美帝飞机狂轰滥炸，新生的人民政权的制空权受到了挑战。

面对此情况，毛主席果断地提出："没有裤子穿也要办空军。"

当时，任重工业部代部长兼航空工业局局长的何长工，在中央财政工作会议上首先"放炮"，提出尽快创建我国航空工业的构想。

毛泽东听后，高兴地说："'何铁嘴'这一炮放得好啊！应当尽早抓起来。"

为求得社会主义阵营"老大哥"的技术援助，周恩来任命何长工为"中国赴苏联谈判代表团"团长，于1951年1月9日飞往莫斯科。

在何长工与苏联代表会面时，苏共中央政治局委员、外交部部长维辛斯基，先用俄语藐视地说："搞航空、造飞机，你们没有基础。"后用英语鄙视地说："中国现在连生产飞机轮胎都不行，还谈什么航空工业，岂不是笑话。"

何长工懂得四国外语，他铮铮铁骨，冷静面对，用俄语针对性地说："目前我国经济基础差，那是国民党反动派造成的。"

然后，他又用英语坚信地说："中国人民有毛主席领导，什么困难也难不倒。"

接着他又用德语满怀信心地说："莫说将来我们会造飞机轮胎，就是原子弹也能造出。"

最后他则用法语掷地有声地说道："你不肯帮助，我要向斯大林大元帅告你的状。"

维辛斯基见何长工能娴熟地讲几种外语，说得口若悬河，有理有节，这种人才在苏联外交部都不多见，深感来者不善。他怕闹到斯大林那里去会对其不利，思忖片刻，便诚恳地表示："何长工同志，不要生气嘛，我们将认真考虑贵国的要求，尽量给予满足。"

经过18天的艰难谈判，2月19日，经斯大林和周恩来批准，中苏双方签订了《中苏航空工业技术协议（草案）》。苏方答应派遣一批专家，携带各种图纸资料前来中国，帮助仿制苏联雅克18型教练机。

何长工一行回国后，中央于1951年4月17日作出《关于航空工业建设的决定》。从国外归来的专家、学者和国内工程师、技术人员纷纷集中，听候分配。

当时，政务院考虑到，1933年国民党"围剿"中央苏区时，曾跟意大利合作，在南昌建造了飞机厂。后来国民党败逃台湾，人民解放军在南昌接管了30多台设备、4万多平方米的厂房和办公楼，以及一条1500米长的飞机跑道。

于是，政务院作出如下决定：

一、航空工业重心建在南昌，对内叫番号"三二〇厂"，对外交往称"洪都机械厂"；

二、将南京国民党留下的航空配件厂347台设备和1123吨物资运往南昌，同时将几百名熟练技工调往南昌予以合并；

三、在南昌工厂旁边，开办一所"江西省技术工人养成学校"，第一批招生1000人，上午学理论，下午进厂实习，以最快速度加紧培训技术人才，满足工厂急需。

三二〇厂建厂之初，主要是修理在解放战争中缴获和击落的几百架国民党飞机和在抗美援朝战争中被我军击落的400余架美军飞机。

1953年，我国拉开了第一个五年计划的序幕，其中苏联帮助我国建设的156个工程项目之一，就是试制共和国首批10架雅克18型飞机，这个任务落在了三二〇厂。

在当时的国内外形势下，全厂处于保密状态，周围拉起电网，厂里驻有百余名解放军，轮换站岗守卫，生产区与生活区完全隔离，车间之间的来往要凭介绍信进出。全厂拥有工程师、技术人员上万名，在党、政、工、团的领导下，精心组织，通力协作，严密制订各项计划与措施，掀起了让"铁鸟"早日合成的你追我赶的竞赛活动。

当时第二机械工业部要求三二〇厂把1955年实现飞机上天的计划，提前到1954年夏天完成。

接到要求后，全厂各车间、各部门，齐心协力，分秒必争，为了"铁鸟"的早日上天献计献策，忘我工作。

当时，设计部门耗费20多公斤白纸，描绘出17个系统、1067份图纸；车间之间开展技术交流和竞赛；各车间24小时分3班昼夜作业，做到人停机器不停；许多职工连续30多个小时不下生产第一线；整机装配车间成立技术攻关小组，奋战9个昼夜，胜利攻克了最棘手的技术难点，通过静电检验，传出了捷报：飞机可以交付飞行了。

1954年7月3日17时15分，盛暑火辣的太阳开始西下，首架飞机在对外保密的状态下，进行具有划时代意义的紧张试飞。

此时，三二〇厂的飞机场上，空荡荡、静悄悄，只有几个领导同志、专家组长、设计人员坐在看台上，全厂职工都站在各自的车间、科室向外面仰天观看。

驾驶员段祥禄与刁家平，披着灿烂阳光，登上自制飞机，进行起飞时的慢滑、中滑、快滑，陡然腾空而起，昂首冲入云端。

人们看见飞机伴着隆隆的声响，像一只雄鹰在蓝天盘旋，忽而迅速上升，忽而垂直俯冲，忽而翻起筋斗，一翻就是四五个，忽而打着横滚，一滚就是五六次，尤其是飞机还未改平，就进入了"失速螺旋"，连翻带滚向下直插，忽而又停止翻滚，以半圆弧线形向上拉了起来，接着轻轻摇摆几下机翼，驾驶员伸出头来向人们致意，全厂职工在不同位置报以热烈掌声。

经过由远及近的下滑，飞机准确地徐徐降落。驾驶员兴奋地说："机件性能良好，试飞一切顺利。"

在场的厂党委书记兼厂长吴继周说："新中国第一架飞机在我们厂光荣诞生了，这是震惊中外的一件大喜事。"

为了经受考验，厂部决定还要进行为期一周的试飞，并将这架飞机命名为"初教-5"。

于是从次日起至11日止，又在该厂上空秘密试飞13次，每次约2小时，结果再次证明，飞机质量很好，完全符合设计要求。

1956年9月，中国首次试制的歼-5喷气机，也在沈阳飞机工业公司成功制造出来。从此，中国成为当时世界上少数几个能够成批生产喷气飞机的国家之一。

核工业建设进入新阶段

1954年10月下旬,西德加入北约,引起苏联和东欧国家的极度紧张,一些居民开始抢购面包储存备战。

随后,赫鲁晓夫成立华约组织同北约对抗,并希望中国加入。

毛泽东本着独立自主的精神拒绝了。

1955年5月,毛泽东派彭德怀以观察员身份前往出席华沙条约成立会议。

当时,苏联国防部长朱可夫提出"社会主义大家庭"的军队应统一装备,以利作战。彭德怀说我军武器已远远落后于苏军现役装备水平。

苏方表示可提供现役的新装备,而且输出技术由中国自行生产。

赫鲁晓夫首次访华回国后,便开始履行承诺,于1954年11月卖给中国首批96架米格-17战机,并提供全套资料,中国成功仿制后命名为歼-5战机。

从1955年1月起,苏联又陆续转交给我国AK-47自动步枪、C-41半自动步枪、捷克加列夫轻机枪等技术资料。中国成功仿制后命名为五六式冲锋枪、五六式半自动步枪和五六式轻机枪。

1955年,苏联提供了现役的T-54A坦克及85毫米加农炮的样品和图纸，中国成功仿制后命名为五九式坦克和五六式加农炮。

随后，苏联还转让大口径火炮生产技术，凭此，中国仿制成功了 152 毫米加农炮、100 毫米高炮等武器。

中国军队的常规装备在 20 世纪 50 年代后期，又实现了一次新的飞跃，已经达到和接近了当时的世界先进水平。

此刻，世界武器发展已经进入核时代，毛泽东在赫鲁晓夫首次访华时便提出能否在这方面提供帮助。

赫鲁晓夫当时大吃一惊，说中国的全部电力都投入进去搞核武器都不够，只答应代培一些核技术人员。

1956 年，东欧出现了反对苏联控制的波兹南事件、匈牙利事件。

1957 年 6 月，苏共党内莫洛托夫等元老又要求推翻赫鲁晓夫。赫鲁晓夫在掌握军队的朱可夫支持下打倒了多数中央主席团成员，却未摆脱内外交困的处境。

鉴于赫鲁晓夫在政治上有求于中国，7 月 18 日聂荣臻提出，应利用这一机会交涉核技术援助，周恩来请示毛泽东后马上做出安排。

赫鲁晓夫决定向中国提供原子弹生产技术，帮助建立核工厂。

1957 年 7 月 20 日，苏联驻华总顾问阿尔希波夫代表政府做出同意答复。而作为政治交换条件，毛泽东必须访苏，对赫鲁晓夫表示支持。

1957年9月7日，一架苏制伊尔-18专机从北京西郊机场起飞。

以聂荣臻为团长，陈赓、宋任穷为副团长的中国政府工业代表团飞往苏联。

代表团成员有李强、刘杰、万毅、刘寅、王诤、张连奎、钱学森等，还聘请了二十几名火箭、原子能、飞机、电子等方面的专家，就新技术援助问题同苏方进行谈判。

国防部五院成立后，中国军事技术力量不足，只有争取苏联技术援助，以减少工作中的弯路。

1957年7月，苏联领导人对于向中国提供新技术援助的态度有了回应，同意中国派遣政府代表团去苏联进行具体谈判。

当时，聂荣臻领导国防新技术的开发工作，很需要陈赓这样在军内外都很有影响，并对开发新技术不畏艰难、满腔热情的高级军事领导人。

聂荣臻很欣赏陈赓的为人，在中央明确由他率领中国政府工业代表团赴苏联谈判时，聂荣臻建议，代表团的两位副团长，由陈赓和主管原子能方面的宋任穷担任，整个班子很精干。

1957年9月7日，莫斯科时间6时，代表团的专机到达莫斯科。

苏联部长会议第一副主席别尔乌辛与中国驻苏大使刘晓到机场欢迎中国政府代表团的到来。

飞机停稳后，机舱门打开了。

聂荣臻、陈赓、宋任穷等站在舷梯上挥着手，徐步走下舷梯。

别尔乌辛及其他迎接人员走上前去，与聂荣臻握手、拥抱。

聂荣臻在与别尔乌辛拥抱时，感到了一种俄罗斯式的温暖和热烈。这似乎是此行的一个好兆头。

这次中国就引进原子能技术、导弹、飞机等问题，与苏联举行了谈判。

在整个谈判过程中，苏联方面总的来说还是友好和善意的。

别尔乌辛甚至对聂荣臻说："有些项目你们提出的型号、性能已经落后了，可以提出更新一些的型号。但有的技术项目也有保留，不是只给资料，就是只给样品。"

谈判从9月9日开始，10月15日签订协定，共进行了35天。

在这段时间里，中苏两国代表团人员围绕新技术问题进行了广泛、深入的谈判。

中方已经估计到谈判的进展会十分曲折，苏方不会毫无保留地把一切新技术都交给中国。聂荣臻和陈赓等对此是有思想准备的。

在谈判过程中，代表团内部出现了分歧。一种意见是，将火箭、导弹和飞机的研究工作都统一在同一研究机构内，而重点放在研究火箭、无人驾驶飞机和控制方面；另一种意见是，主张飞机研究仍然保持单独系统，即使合并在火箭研究机构里，第二个五年计划期间也应开展飞机和发动机研究工作。

代表团经过反复讨论认为，苏美飞机和导弹的发展史，是他们走的一条成功的道路，但他们有他们的历史条件和具体情况，不宜照搬。

中国应根据自己的情况，按照中央提出"走自己的路"的方针，迎头赶上。以火箭、导弹为主，飞机和其他装备的仿制、研制同时进行。

火箭、导弹的研制，在人力、物力、财力上，肯定会遇到重重困难。但决心不能动摇，否则，将长期落后并受制于人。

中国家底薄，人才匮乏，不能两全，只能选择主攻方向。

陈赓和聂荣臻、宋任穷的意见一致，坚决支持重点上导弹，其次是飞机，要继续仿制。

他们的意见得到代表团多数人员的赞同。

代表团中心组及时将这一分歧意见报到中央和中央军委。中央和中央军委批准火箭、导弹是重点的主张，这一决策非常重要，为中国研制"两弹"争取了时间。

钱学森作为聂荣臻的科学技术顾问，同苏方的专家进行了认真仔细的讨论。

谈判期间，中国代表团还参观了苏联科学院的有关研究所和导弹研制机构。

苏方还邀请钱学森在苏联科学院做了学术报告。

经过二十多天的谈判，9月底，中苏双方终于达成协定草案。

中苏双方经协商起草《关于生产新式武器和军事技术装备以及在中国建立综合性的原子能工业的协定》，简称《中苏国防新技术协定》。

聂荣臻和陈赓、宋任穷看了草拟的协定，心头上的一块石头才落了地。聂荣臻派人立即把草案送回北京，交给周恩来，等待中共中央、毛泽东的审批。

紧张的谈判暂时告一段落，大家终于可以休息一下了。

苏联政府安排中国代表团沿着伏尔加河游览参观。

正值10月，这是领略俄罗斯迷人秋色的最好时节。

毛泽东、周恩来对这个草案表示满意。很快，回国的人把草案和修改意见带回了莫斯科。苏联方面对草案也给予了批准。

1957年10月15日，签字仪式在苏联国防部大楼举行。

出席签字仪式的中苏两国代表们，个个表现得都很轻松，彼此微笑，热烈握手祝贺。

聂荣臻同苏联部长会议第一副主席别尔乌辛，分别代表本国政府在协定上签字。

协定规定：在1957年至1961年底，苏联将供应中国几种导弹样品和有关技术资料，派遣技术专家帮助中国进行仿制；苏联还将向中国提供原子弹教学模型及有关资料；增加接收中国火箭技术及原子能专业留学生的名额。

根据这个《中苏国防新技术协定》内容要求，中苏双方各有关部门，还相应签订具体项目合同。

有关火箭、原子弹的试验靶场、原子弹储存库等建设的合同，则是由陈赓同苏军副总参谋长安东诺夫大将签署的。

1957年10月，中苏签订《中苏国防新技术协定》后，毛泽东同意访苏，并参加了"十月革命"40周年庆典，表态拥护苏联在社会主义阵营中的"老大哥"地位。

从1957年末起，苏联开始履行协议，对华提供 P-2 导弹作为中国导弹事业起步的最早样品。

第二年，苏联又向中国提供所需核工业设备，并派出近1000名专家，建成了湖南和江西的铀矿、包头核燃料棒工厂及酒泉研制基地、新疆的核试验场。

至此，中国正式进入了核工业建设和研制核武器的新阶段。

同时，在建造过程中培养的人才，以及在使用过程中提取的数据，不仅为中国和平利用原子能事业进一步提供了前提，也间接地为中国研制和发展核武器奠定了基础。

汽车工业取得重大突破

1956年7月13日，在长春第一汽车厂崭新的总装线上，第一辆解放牌汽车被装配出来。

7月14日，第一批12辆国产汽车在欢声笑语和雷鸣般的掌声中徐徐驶出装配线。

同日上午，在汽车工人俱乐部举行的庆祝建厂3周年和先进生产者代表会议上，通过了向党中央、毛主席的报捷信。信中写道：

> 敬爱的毛主席和党中央，我们第一汽车制造厂全体职工，怀着万分兴奋的心情向您报告：党中央关于力争3年建成长春汽车厂的指示，已经实现了！
>
> ……
>
> 我们正在积极做好各项生产准备，组织全面开工生产，保证以在第三季度内生产出250辆质量合乎要求的解放牌汽车的实际行动，迎接党的第八次全国代表大会的召开，并向今年的国庆节献礼。

庆祝会后，400多名劳模、先进工作者等，坐上新装配成功的解放牌汽车，组成报捷车队，与全厂职工见面，驱车向省、市委报喜。

全厂职工从四面八方会聚到道路两旁，来观看自己亲手制造的第一批解放牌汽车。整个厂区顿时成了欢乐的海洋。

在热烈的欢呼声中，有的人不禁涌出激动的泪花。许多人挤到车前抚摸着车上刻着中国字的国产汽车，感到无比光荣和自豪。

最激动的人是驾驶第一辆国产汽车的老师傅马国范。他开了二十几年外国车，东北解放后，他听说要建自己的汽车厂，造自己的汽车，他谢绝了旧掌柜的挽留，毅然加入了建厂的行列。

这一天，长春市也披上了节日的盛装，到处红旗招展，锣鼓喧天。成千上万的人站在道路两旁，争先恐后地观看国产汽车的风采。人们不断向车队抛撒五彩缤纷的纸花，没有纸花的就拿高粱、苞米、谷子往汽车上抛撒。

12辆报喜车绕厂一周后，浩浩荡荡驶向市区。在市委门前，人们的感情达到了更为炽热的程度，路被人海堵住了，连一道缝都没有，汽车走不了啦，只好在维持秩序同志的指挥下，用最慢的速度前行。

许多人都想坐到车上去，有的人站在脚踏板上，有的人坐在翼子板上，就连前保险杠上也坐满了人。

一位白发苍苍的老大娘，非要坐一下我们国家自己制造的汽车。当汽车停下来让她坐一会儿后，她高兴地说："我可坐上咱们国家自己制造的汽车了，活得真值。"

12辆报捷车队的最后一辆坐的是工程师代表，他们在兴奋之余回想起过去的历史，感慨万千。他们说："我们早就看到了汽车，也学习了怎样制造汽车，但是过去只能修配汽车，直到解放后建设汽车厂，我们才找到归宿。"

他们被眼前热烈的场面所感染，还兴致勃勃地凑起一副对联：

举国翘盼尽早建成汽车厂，万人空巷人民争看解放牌。

马国范老师傅把自己开上了国产车的喜事告诉了他搞文艺工作的哥哥，他哥哥听后也激动不已，编了一首歌词《老司机》，请作曲家先程谱了曲。歌中唱道：

五十岁的老司机我笑脸扬，拉起了手风琴我唠唠家常，想当年我十八岁学会了开汽车，摆弄那外国车我是个老内行，可就是没见过中国车啥模样，盼星星盼月亮，盼到了国产汽车真就出了厂哟嗬嗬……

这首歌真切地表达了中国人民当时的心情。

能够自己制造汽车，一直是党中央及全国人民的心愿，也时刻牵动着全国人民的心。

一汽作为国家"一五"重点建设工程，一直得到党中央和毛主席的高度重视，从毛主席和斯大林会晤确定这个项目，到毛主席亲自为新车命名"解放"，这是一汽人的骄傲，也是一汽人的特有的光荣。

1950年12月，毛泽东访问苏联，中苏双方商定，由苏联全面援助中国建设第一个载重汽车厂。

经过调查研究和多个方案对比，中共中央和中央人民政府决定，把第一汽车制造厂的厂址设在吉林省长春市郊。

1953年6月下旬，周恩来向毛泽东报告了一汽即将动工兴建的消息，并请毛泽东为汽车厂奠基题词。

毛泽东挥毫写下了"第一汽车制造厂奠基纪念"，并说："我们不仅要有第一，还要有第二、第三。"

7月初，第一机械工业部汽车局派人将装有毛主席题词的密件送到了汽车厂。

当时，厂长饶斌不在，于是密件交给了副厂长郭力的秘书刘培善。刘培善拆开标有"中央办公厅"的密件，眼前一亮：是毛主席的题词！郭力副厂长从工地赶回来，仔细地看了一遍又一遍，高兴得眼角眉梢都是笑，不住嘴地说："来了，终于来了。"

郭力立刻通知有关人员，选最好的汉白玉，请最好的石工镌刻毛泽东的题词。当时长春市技艺最好的石匠被邀请来完成这项工作。

1953年7月15日的早晨，灿烂的朝霞映照着建设工地。9时整，奠基典礼开始。后来担任国务院副总理的李岚清等多名青年党员把奠基石抬进会场时，鼓乐齐奏，鞭炮齐鸣。

在全国各地的大力支援下，共和国汽车工业的第一代创业者们，在艰苦的条件下，边干边学，边建设边生产，仅用了3年的时间，就建成了一座宏伟的汽车城。

在第一个五年计划时期，第一汽车制造厂完成基本建设投资6.2亿元，基本建设竣工面积75万平方米，工业建筑41.1万平方米，宿舍39.9万平方米，安装了2万台机器设备，铺设了30多公里长的铁路和8万多米长的管道，制造了上万套工艺装备。

1956年7月13日，在汽车厂建厂3周年的前两天，被毛泽东命名为"解放"牌的第一辆国产汽车试制成功。

关于"解放"牌的名称还有一段来历。

1953年下半年，援建一汽的苏联莫斯科斯大林汽车厂提出为新车命名问题，由汽车工程专家孟少农转告到国内，一汽厂专门开会多次研究，并搞了征集活动。

最初，有人提议新中国第一辆汽车可以命名为"毛泽东"。后来由时任第一机械工业部副部长段君毅，将讨论和征集的若干名称向毛泽东做了汇报，毛泽东给新车起了个名字叫"解放"。

"解放"汽车上用的字就用毛泽东为《解放日报》

题字的"解放"二字的手写体，由苏联莫斯科斯大林汽车厂放大后，刻写到汽车车头第一套模子上。

"解放"两字包含很深的寓意，也充分表达了翻身后中国人民的心声。

1956年10月15日，长春第一汽车制造厂正式建成，开始了大批量生产。

不久，"东风"牌小轿车也开进了中南海，向中共八大二次会议献礼。

毛泽东仔细观看了"东风"牌小轿车，并和林伯渠一起乘坐这辆轿车，在怀仁堂后花园里绕行两周。毛泽东下车后，高兴地对代表们说："坐上我们自己的小汽车了！"

从此，中国不能制造汽车的历史结束了，我们自己的汽车源源不断地一天比一天多地从这里开出去。

铁路建设喜报频传

1956年7月13日10时，在甘肃省徽县黄沙河，宝成铁路举行了隆重的接轨仪式。

仪式开始后，宝成铁路修筑单位的6个负责人，把最后6颗特制的银灰色的道钉，钉进了接轨点上的钢轨和枕木。

这时候鞭炮声响起，乐队齐奏。在接轨点停着的彩车汽笛长鸣，人们热烈鼓掌欢呼。当地的少年先锋队队员和男女铁路职工拥上前去，给铺轨架桥工人的代表献了花。

像塔一样的三棱形的接轨标志上的红幕被揭去以后，扎彩的火车头响起一声长鸣，吐出一缕白烟，拉着彩车徐徐由南向北开过了接轨点，坐在车厢里的当地200多名人民代表，都在车窗口，向夹道鼓掌欢呼的人们含笑挥手而去。

接着，在接轨点附近，5000多名铁路职工和当地农民，又举行了庆祝大会。

宝成铁路的修建工程浩大、难度高。"蜀道难，难于上青天"，这是唐朝大诗人李白形容蜀道的艰难险阻。

新中国成立后，经过3年的经济恢复，国民经济得到了很大的改善。

1952年，毛泽东主席指出：

> 修筑天水成都铁路，即宝成铁路，打开西北、西南通道，改变这些地区的政治、经济、文化面貌。

根据毛泽东的指示精神，铁道部开始了修建宝成铁路的准备工作。

首先要建成渝铁路，这项工程由当时西南局书记、军区司令员贺龙亲自指挥。

四川调集10万民工投入成渝铁路建设，短短3年时间，成渝铁路便建成通车了。

在成渝铁路修成后的通车典礼上，贺龙主持召开成渝铁路通车大典，并亲自剪彩。

紧接着，铁道部、四川省委共同决定，由当时铁道部第二、第四、第六工程处参加建设，并投入民工30万，成立了宝成铁路指挥部，由铁道部和四川省委共同负责。

1952年7月1日，西南铁路工程局，即中铁二局前身，承担建设的宝成铁路成都段正式开工建设。

当时，在修建宝成铁路过程中，最大的难题是铁路如何通过秦岭山脉。此时，铁道部高级技术人员提出两套方案，请领导抉择。一套方案即试用缆车，提升过秦岭；另一套方案即试用九七连环，逐步上升通过秦岭。

当时正逢刘少奇来四川，指挥部把两套方案提交给刘少奇审阅，最后在刘少奇支持下，铁道部、四川省委一致决定采取九七连环方案通过秦岭。

1954年1月，宝成铁路宝鸡段开始施工。铁路开工建设以后，一时间，原先人迹罕至的深山峡谷里帐篷点点，红旗招展。在"气死猴子吓死鹰"的悬崖峭壁上，炮声隆隆，硝烟弥漫，场面很是壮观。

宝成铁路的地质情况极为复杂，秦岭一带主要是花岗岩、石英岩，间有绿泥片岩；凤县往南是略阳，则多为砾岩、千板岩等；而宝鸡、广元之间则多断层，风化很严重；双石铺以南，地下水发达。这些都给勘探、设计、施工带来了很大的困难，施工中不断调整方案，力求使线路选得更为合理。

宝成线80%的轨道铺设在崇山峻岭之中，穿越隧道304条，桥梁1001座，修筑涵洞989个，共完成路基土石方7116万立方米，如果按立方米排列可从成都到北京走34个来回。

宝成铁路工程规模浩大，当施工进入紧张阶段的时候，曾经动用了我国新建铁路一半左右的劳动力和五分之四的机械筑路力量。

在宝成铁路修建过程中，要大量采用爆破，仅炸药就用去5000多吨。四川投入民工30万，在艰苦的筑路建设中，仅民工就牺牲1000多人。但工程处工人和民工们在党中央关怀下，在全川人民的期盼中，顽强不息、艰苦奋斗，仅用了 4 年多的时间就完成了接轨，比计划规定的日期提前了 13 个多月。

这是一场人定胜天的大搏斗，从此四川终于有了第一条通向外省的铁路，这对于发展四川此后的经济建设，起了决定性的作用。

同时，宝成铁路在成都与成渝、成昆铁路相连，建成后对西南地区的矿产资源开发和物资运输具有非常重要的战略意义，是连接我国西南和西北地区的大动脉，承担西南、西北两大地区间的物资交流，是全国铁路网的骨架，对于沿线工农业经济的发展起了巨大作用。

1957 年，北起江西鹰潭，在赣闽两省边境地区穿越武夷山到达厦门的鹰厦铁路竣工通车。同时，"一五"计划期间修筑而成的铁路有三十多条，有力地保证了新中国运输的需要。

建成万里长江第一桥

1957年10月15日,中国第一座跨越长江的大桥武汉长江大桥举行通车典礼,从此南北天堑变为通途。

武汉长江大桥实际总投资1.38亿元,是我国第一个五年计划的重点建设工程之一,正桥为铁路、公路两用,长1155.5米,连同两端公路引桥总长1670.4米。

在当时,武汉长江大桥的建设牵动着全中国人民,乃至整个社会主义阵营兄弟国家人民的心。

铁道部讨论了武汉长江大桥的桥址方案后,毛泽东随即来到武汉,实地查看桥址。

1952年2月的一天下午,雪后初晴,大雪把武汉三镇装点得多姿多彩。毛泽东沿盘山小道,登高远望,隔江相望的武汉三镇和被长江隔断的京汉、粤汉铁路尽收眼底。

经过实地考察,毛泽东同意修建武汉长江大桥,也同意铁道部的桥址方案。

1953年下半年的一天,汉口四官殿一带突然热闹了起来,来自四面八方的铁路、桥梁工作者汇集于此,他们租赁下破旧的阁楼、小旅馆和民房,每天乘坐小木筏到办公楼上班。条件虽然艰苦,但他们心中怀有一个共同的伟大理想,那就是在万里长江上,建起第一座连通南北的桥梁。

在当时，全国人民对大桥的感情非常深，并对大桥的建设者非常敬佩。

当时，桥工处有一名职工叫张耀江，他把一条公家发的毛呢裤子挂在房间里，后被小偷偷去了，张耀江也没在意。

一个月以后，张耀江收到一封北京的来信，他很纳闷，北京我也没有亲友，谁会来信呢？

看完信后，张耀江方知，偷自己裤子的人在北京被逮住了，写信的是一位北京市公安局的女警察。

这个女警察在信中说，通过工作证查找得知张耀江是武汉长江大桥桥工处的一名工人，她对张耀江和其他大桥建设者非常崇敬。接着说，其他失物随后寄到。通过此事便可以看出人们对大桥及建设者的感情。

1956年，大桥正在紧张施工中。一天清晨，毛泽东来到武汉视察大桥工程，负责同志问："是岸上看，还是水上看？"

毛泽东说："水上看。"

毛泽东乘坐"武康"号轮船，经汉阳晴川阁上行，从二、三号桥墩间穿过，驶到鹦鹉洲附近的江面后，又折回下行，从三、四号桥墩间穿出。

此时，武汉长江大桥的水中桥墩已经全部建成，钢梁从汉阳岸边向江中延伸。

毛泽东在船舱里一面听取汇报，一面翻阅资料、插话、提问、发表意见。最后，毛泽东对建设的进程表示满意。

1956年4月苏联部长会议第一副主席米高扬，在参观了武汉长江大桥后留言："中国工程师和苏联桥梁建筑家们的合作，在这一伟大的建筑中做出了很好的成果。这个成果的取得是空前未有的中苏技术合作的象征，光荣属于中苏建筑桥梁的工程师和工人们。"

越南胡志明主席，在参观大桥时，他兴奋地说："长江大桥不仅是贯通中国南北的桥梁，它还是贯通河内—北京—莫斯科的桥梁。"

1956年10月13日，印度尼西亚总统苏加诺在陈毅副总理的陪同下参观长江大桥工地，看到大桥工地宏大的场面，苏加诺很是振奋，他极其热情地赞扬了这一伟大工程，临走时特为大桥题词："建设大桥，建设未来——光辉灿烂的未来"！

1957年9月，武汉长江大桥胜利竣工之际，毛泽东再次视察大桥。

这天傍晚，毛泽东的轿车从汉口方向驶来，沿山间公路一直开到汉阳桥头堡旁，徐徐停稳。

毛泽东从车内走出，他身穿灰色中山装，脚上穿一双布鞋，和等候在桥头的铁道部大桥工程局的领导一一握手，然后健步走上大桥。

在大桥上，毛泽东一面俯瞰武汉三镇，一面细心询问大桥工程情况，还指着江心询问修复黄鹤楼的情况。

当到了武昌桥头堡的凉亭处休息时，一位领导将一本《武汉长江大桥工程》画册递给毛泽东，并说："这本书里有一封信，是建桥全体职工给主席的。"

毛泽东高兴地点头收下。

陪同的领导同志又拿出纸和笔请他题词，毛泽东认真地说："这可要好好想一想。"

然后，他高兴地和大家握手告别。

几天后，毛泽东派人送来了"一桥飞架南北，天堑变通途"的题词。

1957年9月，武汉长江大桥全线竣工，本来应该在10月1日国庆节举行大桥竣工庆典，而却安排在10月15日，主要就是考虑治安秩序和公共安全以及大桥的荷载。

当年的10月15日，是星期二，估计不会有太多的人，结果桥上还是上了3万多人，围在大桥两端观看的有近百万人，武汉市那时的总人口是200多万。

武汉长江大桥的建成通车，从此结束了中国南北交通不畅，火车过江须通过轮船摆渡的历史，使平汉铁路、粤汉铁路变成了畅通的京广铁路，开创了万里长江建设公铁两用桥的新纪元。

化学工业异军突起

1957年10月25日，吉林化工区锣鼓喧天，彩旗飘扬，历时两年半的吉林化工区终于建成了。在庆祝大会上，奋战在建设一线的来自全国各地的3万多名职工流下了激动的泪水。

吉林化工区是我国"一五"期间建设起来的第一个化工生产基地，该工业区包含了"156项"中的4个化学工业项目。

在开工建设前，松花江北岸地区几乎是一片荒芜的原野，没有道路，交通不便，每逢雨季，运输车辆经常抛锚。松花江像一道天然的"封锁线"，隔断南北两岸，许多工人上班只好乘摆渡小船。同时，又缺乏建设经验，缺少施工工具。

面对困难，当时，中央采取集中力量打歼灭战的办法，从全国各地调集了3万名职工，顶着凛冽的寒风，夜以继日地战斗在松花江畔。就是在这种情况下，各路建设大军开进了施工现场，艰苦奋斗，排除困难，保证了建设的顺利进行。

从1955年4月开工，到1957年10月，经过两年半时间，包括肥料厂、染料厂、电石厂、热电厂的吉林化工区就建立起来了。这在世界建设史上堪称是奇迹。

"一五"期间，化学工业的飞速发展，自然离不开中央领导的支持。

新中国成立伊始，为了尽快建立国民经济体系，毛泽东、周恩来就开始同苏联谈判，后来确定了由苏联援助中国的156个大型建设项目。

当时，周恩来的指导思想非常明确，既要积极争取苏联援助，又要自力更生。凡是国内老企业经过改造能够解决的产品，就不要从苏联引进，发挥老企业的作用，支援和推动新中国的工业建设。

1950年7月1日，党的生日那天，周恩来和邓颖超在大连市委书记、市长陪同下，视察了大连化学厂。

周恩来在厂里详细地察看了炼焦、造汽、变换、合成、硫铵等车间，听了厂长的汇报，详细询问了恢复生产的过程。

周恩来勉励大家，要加强党的领导，依靠群众，依靠老工人，做好技术人员的工作，培养教育青年工人；要学会技术，搞好管理，自力更生，艰苦奋斗，为发展化肥工业，支援农业和国防工业多做贡献。

最后，周恩来说："像你们这样的化工厂，目前我们国家还不多。你们应该继续发展生产，培养更多的懂技术、会管理的人才，支援国家的经济建设。"

在周恩来对化学工业的一再关心下，原重工业部指导和组织化工企业，迅速恢复生产，加强管理，进行技术改造，经过3年恢复时期，取得了很好的成绩。

1952年，全国化学工业总产值比1949年增加了3倍多。主要化工产品如纯碱、烧碱、硫酸、硝酸的产量，都已超过新中国建立前的最高水平。设计、研究、施工等化工技术队伍开始形成，为即将到来的化工大发展打下了基础。

从1953年开始，党中央和国务院确定我国实行有计划的经济建设。

在第一个五年计划中，化学工业的主要任务是：

> 积极地发展化学肥料，相应发展酸、碱、染料等工业，加强化学主业与炼焦、石油、有色金属工业的配合。

周恩来亲自赴苏联谈定了苏联援助的156项工程，其中化工行业11项。此外，还有苏联援建的华北制药厂，还从苏联买来了保定电影胶片厂生产的关键设备。周恩来亲自批准了化工11个项目的相继开工，并亲手组织了化工11个项目的建设工作。

这些项目分别建在吉林、兰州、太原，形成三大化工基地。

化学工业的大规模发展，客观上要求国务院有个专门的行业管理机构。

1956年5月，第一届全国人民代表大会常务委员会第四十次会议决定，建立中华人民共和国化学工业部。

1956年6月6日,化工部部长彭涛向周恩来汇报化工部工作。周恩来语重心长地说:"化学工业很重要,是原材料工业部门。化工很复杂,要好好学习,认真地抓。"

正是有了周恩来的关心和重视,以及他的亲自设计和指挥,化学工业才得以迅速发展。

"一五"期间化学工业和建材工业建设取得了显著成果。其中,化学工业在"一五"期间新增固定资产2.1亿元。到1957年,化学工业主要产品年产能力显著提高。

人民生活水平显著提高

1957年秋天,黑龙江省牡丹江市某村,连续举行了3天的秧歌比赛,庆祝全村人民生活水平的提高,并用歌舞来表达对中央政策的热烈拥护。

在庆祝大会开始后,村支书张明礼首先向村民公布了全村几年来的收入情况。张明礼怀着无比激动的心情向村民说:"父老乡亲们,今年咱们村粮食又大丰收了,咱们再也不会为没饭吃而发愁了。这都要感谢党的好政策啊!"

顿时,台下响起了一片热烈的掌声,有些老人还流下激动的泪水。

原来,1957年,新中国发展国民经济的第一个五年计划旗开得胜,使我国国民经济和社会生活状况发生了巨大变化。

各项事业开始走向繁荣,国防力量得到加强,人民安居乐业,神州大地到处是一片兴旺发达、国泰民安的景象。

"一五"期间,我国农业及其他科教文卫事业都获得了很大发展。

在第一个五年计划时期,党和政府十分重视农业生产问题,在加速农业社会主义改造工作的同时,采取了一系列的措施来大力发展农业生产。

5年内,国家对农林水利的投资额达到41.9亿元,其中用于水利的部分为25.5亿元。

为了支援农民发展生产,国家在供应大量农业生产资料的同时,还发放农业贷款78亿元。

在第一个五年计划期间,政府还进行了大量的农田水利基本建设。在过去经常泛滥成灾的主要河流上建起了一座座巨大的水库,如安徽的梅山、佛子岭,河南的南湾、薄山、白沙、板桥,河北的陡河,北京的官厅等。

工程浩大的根治黄河的主要工程黄河三门峡水利枢纽工程,也于1957年4月开始施工。

这些大型水利工程,在防洪蓄水、灌溉发电等方面发挥了巨大的作用,有力地促进了农业的发展。

在林业建设方面,广大群众积极响应党中央绿化祖国的号召。东北的西部、内蒙古东部、河南东部、陕西北部、甘肃地区河西走廊等地的人民开始了营造防御风沙、保护农田防护林的工程。例如陕西省榆林地区是一个大风沙区,解放后当地人民即开始营造防沙林带,到1957年已经郁郁葱葱,能够抵挡风沙的侵袭了。

第一个五年计划期间,随着工农业生产的发展,我国人民的物质和文化生活水平得到了很大的提高。

新中国成立前,失业和贫困曾使中国人民处于水深火热之中,很多人甚至要靠乞讨为生。

新中国成立初期,国民党政府遗留给我们的失业人员就达 400 万人之多。因此，认真地进行失业工人和失业知识分子的救济工作，有步骤地帮助失业者就业，成为新中国亟待解决的一项重大任务。

在第一个五年计划期间，随着社会主义建设事业的发展，旧社会遗留下来的失业人员已经基本上得到了安置。

在第一个五年计划期间，不仅基本上消灭了失业，大大地增加了就业人数，更重要的是广大职工的工资水平得到了很大的提高。

当时，人民政府在工资问题上的基本政策是：在发展生产和提高劳动生产率的基础上，逐步地改善职工的物质生活和文化生活。

1951 年政务院通过《中华人民共和国劳动保险条例》。1953 年又扩大了劳动保险范围和提高了劳动保险标准。

所有这些，对保障人民生活，解除广大职工的后顾之忧，起了重大的作用。

保障人民身体健康，甩掉"东亚病夫"的帽子，是新中国的一项重大任务。1950 年 1 月，政务院颁布《关于严禁鸦片烟毒的通令》。

第一届全国卫生会议确立了新中国卫生工作的三大原则："面向工农兵""预防为主""团结中西医"。

为了保证经济建设的顺利进行，提高我国人民的健康水平，从 1952 年开始，又在全国范围内开展爱国卫生运动。同时，中央人民政府发布了《工间操》《劳卫制》《少年广播操》等有利于健康的制度。

文化教育建设与经济建设是相辅相成的。建国初期，人民政府在文化教育方面的任务，首先要把半殖民地半封建的文化教育改造为新民主主义的，即民族的、科学的、大众的文化教育。

人民政府本着"提高人民文化水平，培养国家建设人才，肃清封建的、买办的、法西斯主义的思想，发展为人民服务的思想"这一基本精神，采取了维持原状，逐步改造的方针，对教育事业进行了改造。

1954年的宪法又以法律的形式明确规定："国家用经济计划指导国民经济的发展和改造，使生产力不断提高，以改进人民的物质生活和文化生活。"

周恩来宣布"一五"计划超额完成

1957年6月26日15时,第一届全国人民代表大会第四次会议在怀仁堂正式开幕。

毛泽东、朱德、刘少奇、周恩来、宋庆龄和在京的副委员长,以及国家的其他领导人员都出席了开幕式。开幕式由刘少奇委员长主持。

在此次大会上,周恩来做了《1957年国务院政府工作报告》。

在长达3.5万多字的报告中,周恩来肯定了我国在社会主义革命和社会主义建设事业中所取得的伟大成就,并宣布"一五"计划超额完成。在报告中,周恩来指出:

> 在我国发展国民经济的第一个五年计划中,我们已经正确地规划了建设和改造相结合的步骤。而1956年,伴随着社会主义改造的高潮的到来,我国的社会主义建设有了一个跃进的发展,经济事业和文教事业的发展规模和速度,都大大地超过了五年计划的前三年,有些甚至超过了前三年增长的总和。

周恩来总理的报告历时3个小时,他的报告不断地被全场暴风雨般的掌声所打断。

第一个五年计划从 1953 年开始，在此期间各项指标大都超额完成。

"一五"期间，到 1956 年，就基本完成对农业、手工业和资本主义工商业的社会主义改造，第一个五年建设计划原定的主要指标，大都提前完成了。

接下来的 1957 年是我国经济建设进行得最好的年份之一。到 1957 年底，第一个五年建设计划的各项指标大都大幅度地超额完成了。

1957 年全国工业总产值达到 783.9 亿元，比 1952 年增长 128.3%，平均每年增长 18%。

一大批旧中国没有的基础工业部门，开始一个个建立起来。由于基本建设投资半数以上投放内地，一大批工矿企业在内地兴办，使旧中国工业过分偏于沿海的不合理布局初步得到改进。

"一五"期间工业生产所取得的成就，远远超过了旧中国的 100 年。

同世界其他国家工业起飞时期的增长速度相比，也是名列前茅的。

"一五"计划头 3 年，全国半数以上的投资是用于内地各项建设事业，内地投资比重的增大，逐步改变了我国国民经济地区分布的不平衡性。主要是在沿海地区新建企业适当减少，内地新建企业适当增多。

再就是主要工业部门投资的地区分配，尽量和原料、燃料产区相适应。

在第一个五年计划期间,随着工农业生产的迅速发展,交通运输和邮电事业也相应地发展起来。国家用于运输和邮电建设的投资为 90.1 亿元,占同一时期国家基本建设投资总额的 16.4%。

大规模进行交通建设的结果,使旧中国交通落后的面貌开始发生重大的变化。到 1957 年,全国铁路通车里程已达 3 万公里。

第一个五年计划期间,新建铁路 33 条,修复铁路 3 条。主要有工程巨大、穿过崇山峻岭的宝成铁路和鹰厦铁路,通往蒙古人民共和国和苏联的集二铁路。

在公路建设方面,第一个五年计划期间,海拔高、工程艰巨的康藏、青藏、新藏公路,也都相继通车。在广大农村和中小城市之间也修建了许多简易公路。

第一个五年计划时期我国经济建设取得的成就,为社会主义工业化奠定了初步的基础。

1957 年 12 月 7 日下午,中国工会在北京隆重召开第八次全国代表大会。

在这次会议上,国务院副总理李富春作了题目为《关于我国第一个五年计划的成就和今后社会主义建设的任务、方针》的报告。

在这个报告中,李富春详细地说明了我国在执行第一个五年计划中,整个国民经济的巨大发展和以后社会主义建设的任务和方针。

李富春说，依靠全国工人阶级和全体人民的努力，我国发展国民经济的第一个五年计划已经完成和超额完成。在第一个五年计划期间，我国不但已经确立了社会主义的政治制度和经济制度，同时建立了社会主义工业化的初步基础。

"一五"时期，社会主义建设事业的巨大发展，人民的物质文化生活的显著改善，以无可争辩的事实向世界表明，社会主义的新中国比之半殖民地半封建的旧中国具有无比的优越性。

本书主要参考资料

《周恩来传》金冲及主编 中央文献出版社
《国史全鉴》本书编委会编 团结出版社
《共和国五十年珍贵档案》中央档案馆编 中国档案出版社
《共和国经济风云》赵士刚主编 经济管理出版社
《开国领袖毛泽东》王朝柱著 中国戏剧出版社
《陈云传》金冲及 陈群著 中央文献出版社
《陈毅传》本书编写组编 当代中国出版社
《华夏金秋》柏福临主编 吉林大学出版社
《中国现代史资料选辑》彭明主编 中国人民大学出版社
《共和国开国岁月》张国星 何明著 中共党史出版社
《风云七十年》郭德宏主编 解放军文艺出版社
《中南海三代领导集体与共和国经济实录》王瑞璞主编
　　中国经济出版社
《若干重大决策与事件的回顾》薄一波著 中共中央党校
　　出版社
《共和国经济风云中的陈云》孙业礼 熊亮华著 中央文献
　　出版社